JN069150

前世魔術師団長だった私、「貴女を愛することはない」と言った夫が、かつての部下

2

三日月さんかく
ill.しんいし智歩

三日月さんかく
ill.しんいし智歩
2
前世魔術師団長だった私、
「貴女を愛することはない」
と言った夫が、かつての部下

このパフェ、
美味しすぎるね、
クラウス君！

ほっぺたが落ちちゃいそうですっ！
僕は思わずオーレリアに声を掛けようと
手を上げかけ、……途中でやめた。
オーレリアの向かいの席に、若い祭司の姿があった。

よろしく頼むよ、旦那様！

では、始めましょう
腕輪の表面に浮かびあがっている
魔術式がチカチカと点滅し、
その紋様を少しずつ変化させていた。
また一つ魔術が組み込まれ、
また紋様の一部が変化する。

一生大切にすると約束します。
だからずっと、
僕と共に生きてください
ギルの大きな両手が私の肩を抱く。
彼の顔がゆっくりと近付き、
石鹸の香りがふわりと鼻先をくすぐる。

CONTENTS

I was the leader of the magic division in my previous life,
and my husband, who said,
"I will never love you," was a former subordinate.

第一章 ◆ クリュスタルムの返還

「うーん……。もうすぐギルの誕生日《たんじょうび》かぁ。どうやってお祝いをしようかなぁ」

リドギア王国王都、貴族街《きぞくがい》の一角に屋敷を構えるロストロイ魔術伯爵家《まじゅつはくしゃくけ》。その一室で、私オーレリア・バーベナ・ロストロイは唸《うな》り声をあげていた。

私はかつて、リドギア王国魔術師団長《しだんちょう》バーベナとして戦争に参加し、最後は自爆《じばく》魔術を使って敵国トルスマン皇国《こうこく》の魔術兵団の大半を道連れにしたという、なかなか壮絶《そうぜつ》な前世《ぜんせ》を持っている。

華々《はなばな》しい戦果《せんか》とともに英霊《えいれい》たちの楽園であるヴァルハラへと行く気満々だったのだが、「自爆は自殺と同義。貴女《あなた》は英霊などではありません！」という理由で追い返され、再びこのリドギア王国に転生《てんせい》してしまった。

そして何の因果《いんが》か、かつての部下であったギル・ロストロイと十六歳差の結婚をし、今に至る。

結婚してからもうすぐ初めての、夫《おっと》の誕生日が近づいている。

バーベナの頃のギルの誕生日はすべて戦争中だったので、あまり大したことはしてあげられなかった。だから今回は特に盛大《せいだい》にお祝いをしてあげたいのだが……。

一人で唸っていても、何も良い考えが浮かんでこない。

私は傍《そば》にいる執事《しつじ》のジョージと専属侍女《じじょ》のミミリーに、今までのギルの誕生日について尋《たず》ねることにした。

「ジョージ、ミミリー。今までのギルの誕生日って、どんなことをしてお祝いしていたの？」

銀色《ぎんいろ》の髪《かみ》と青い瞳《ひとみ》、執事服をピシッと着こなした初老《しょろう》のジョージは、「そうですねぇ」と穏《おだ》やかに微笑《ほほえ》んだ。

「旦那様《だんなさま》はご自分のお誕生日に何かをお望みになられることはありませんでした。現魔術師団長として部下を招き、楽しいパーティーを開催されることもなく。ロストロイ魔術伯爵として貴族をお招きして、豪華《ごうか》なパーティーを開催されることもありませんでした」

「あぁ、そんな感じがするね」

「ただ就寝前《しゅうしんまえ》には、バーベナ元魔術師団長の肖像画《しょうぞうが》の前でお酒を飲んでおりましたね。なにやら古い万年筆《まんねんひつ》を取り出して、眺《なが》めていらっしゃいました」

「暗黒時代のギルの様子が目に浮かぶようだよ」

「ですが、オーレリア奥様《おくさま》」

次はミミリーが話し始めた。

「ジョージさんの案で、せめて夕食のメニューはお誕生日らしいものにしようと、普段より良いお肉やケーキをご用意させていただきました」

「良かった、良かった……！　ギルがちょっとでも誕生日っぽい雰囲気《ふんいき》を味わっていて、本当に良かった……！　ありがとう、ジョージ、ミミリー!!」

戦争の英雄《えいゆう》なのに誰からも誕生日を祝ってもらえないなどという悲しい事態を、一応回避《かいひ》していて良かった……！　ギル本人がお祝いを拒絶《きょぜつ》していたとはいえ、生まれた日だからねぇ。

ジョージとミミリーは「とんでもないことでございます」と揃《そろ》って微笑んだ。

〈ならば今回のギルの誕生日は盛大にパーティーを開催して祝うということじゃな⁉　妾《わらわ》ももちろん参加するのじゃ‼〉

そう声をあげたのは、テーブルの上で輝いている水晶玉《すいしょうだま》である。

この水晶玉は豊穣《ほうじょう》の宝玉《ほうぎょく》・クリュスタルムだ。

ラジヴィウ遺跡《いせき》の最下層《さいかそう》に巧妙《こうみょう》に隠されていた『竜王《りゅうおう》の宝物殿《ほうもつでん》』にて発掘された。かつて我がリドギア王国と戦争をしていた隣国《りんごく》トルスマン皇国の、失われた国宝である。

現在は、トルスマン皇国大神殿とのあいだで返還《へんかん》の手続きを進めている。そのあいだ、クリュスタルムはロストロイ魔術伯爵家の居候《いそうろう》になっている。

「盛大なパーティーか。楽しそうだよねぇ」

実家のチルトン侯爵家《こうしゃくけ》でも、お父様の誕生日には近隣《きんりん》の貴族を呼んでパーティーを開いたものである。ご馳走《ちそう》やケーキが食べられることももちろん嬉《うれ》しかったけれど、誰かの生まれた日をお祝いしようという、あの温かい空気が私は好きだった。

「ですが、奥様。今からでは主だった貴族の方々をご招待するには時間が足りません。なにせ我々ロストロイ魔術伯爵家の使用人は、パーティーに関するノウハウは乏《とぼ》しいですから」

「そうだった。社交活動が長年死んでいたんだもんね……」

実家のことを思い出したついでに、別の提案をしてみる。

「じゃあ、私の実家のチルトン家を呼んで、アットホームなパーティーを開こうか？　ギルの性格的にも、その方が喜《よろこ》んでくれる気がするんだけれど」

ゆくゆくは父のように、たくさんの貴族を招いて誕生日パーティーを開くこともあるだろう。

だが、まだ私が嫁《よめ》に来たばかりだし、そんなに焦《あせ》ることもないだろう。

「素晴《すば》らしいお考えかと思います、奥様」

ジョージはそう言った後、さらに面白い提案をしてきた。

「どうでしょう、奥様。誕生日パーティーの件は、旦那様にはサプライズにするのは？」

「サプライズだって……？」

なにそれ、めちゃめちゃ面白そうっ！

「よし！　面白い方に賭《か》けちゃおうっ！　ジョージの案を採用だ！」

「有《あ》り難《がた》き幸せです、奥様」

「では、私は他の使用人にサプライズパーティーの通達《つうたつ》をして参りますね」

ミミリーは淑《しと》やかにお辞儀《じぎ》をすると、部屋の扉《とびら》を開けた。

「おっと」

「きゃっ、旦那様……！　たいへん申し訳ございません！」

ちょうど廊下《ろうか》側から扉を開けたギルとかち合い、ミミリーは慌《あわ》てた。

正面衝突《しょうめんしょうとつ》は避けられたようだが、屋敷の主《あるじ》と鉢合《はちあ》わせなんてびっくりするよね。しかも、ちょうど今まで話題にしていた人物だし。

「ギル、ミミリー、大丈夫《だいじょうぶ》?」

「僕は大丈夫ですよ、オーレリア」

「私も怪我《けが》はしておりません、奥様」

黒髪《くろかみ》に黒い瞳、端正《たんせい》な顔立ちに銀縁眼鏡《ぎんぶちめがね》をかけたギルが、そう言って私に微笑む。

巷《ちまた》では『冷徹《れいてつ》な魔術伯爵』だの『女嫌いの魔術師団長』だのと噂《うわさ》されていたようだが、私の前では別人のように相好《そうごう》を崩《くず》している。可愛《かわい》い夫だ。

ミミリーは再度お辞儀をしてから、今度こそ退室していった。

「ギルは今まで何をしていたの?」

現在ギルは新婚休暇中である。

リドギア王国は戦争で多くの国民を失った。そのため貴族が率先《そっせん》して『産めよ増やせよ』と子育てに力を入れている。長い新婚休暇が取れるのも、そういった切実な背景《はいけい》からであった。

まぁ、私たちはいまだに初夜《しょや》をクリアしていないので、正しい新婚休暇の使い方はしていないが。

実家があるチルトン領に里帰りしただけだし。

「庭に新しい防音結界《ぼうおんけっかい》を張っておきました。従来のものより性能が五割増しです」

ギルは優しい笑顔で、サラリと凄《すご》いことを言った。

さすがは最年少で魔術師団入団試験を突破した天才であり、現魔術師団長である。

私の夫、出来るなぁ。

「先日の里帰りは素晴らしかったですね、オーレリア。貴女のご家族にも無事にご挨拶《あいさつ》することが出来ましたし、現世の貴女が生まれ育ったチルトン領も拝見することが出来ました。実に良い旅行だったと思います」

ギルはそう言うと私の隣に座り、ポケットから組紐《くみひも》と魔術師用の杖《つえ》を取り出した。

黒とアッシュグレーの糸で編まれた組紐は、私がチルトン領の朔月花祭《さくげつか》りで、ギルのやり直しプロポーズの返事として贈ったものだ。

なぜやり直しプロポーズかと言うと、私たちの結婚の始まりが最悪だったからである。ギルのやつ、初夜に『僕が貴女を愛することはありません』とか、あほなことを言ったんだよなぁ。今ではギルのよくある黒歴史の一つである。

「その組紐、どうするの？　杖まで用意して」

「手持ちの部分に巻きつけて飾《かざ》ろうかと思いまして」

「ああ。滑《すべ》り止めにもなるしね」

「はい」

魔術師用の杖は魔術の補佐的な道具で、これがあると大規模魔術や集中力が必要な繊細《せんさい》で難しい魔術が行使しやすくなる。

私も爆破魔術を扱《あつか》えるので杖は一応持っているけれど、たいてい使い捨てだ。爆破力を最大限引き上げてくれた結果として、杖も一緒に吹っ飛んでしまうからだ。杖って儚《はかな》いよなぁ。

ギルは組紐の端《はし》を複雑な花の形に結ぶと、満足そうな表情をした。器用《きよう》だな、君。

クリュスタルムも同じことを思ったらしく、

〈ギルは無駄《むだ》に器用な男じゃな〉

と言った。

「僕の休みもまだありますし。次はどこへ行きましょうか、オーレリア？」

「うーん、そうだな〜。ロストロイ領は外せないよね。私はまだ行ったことがないけれど、どんな感じの領地なの？」

「とても小さな領地ですよ。ガイルズ国王陛下《へいか》はもっと広大な領地を押し付け……、いえ、僕に賜《たまわ》ろうとされたのですが。魔術師団長としての職務が忙しいので、だいぶ減らしていただきました」

「ああ、土地が余っているもんねぇ」

栄えている土地を貰《もら》えるのならばまだいいのだが、戦場になった土地はまだ復旧が終わっていない。

ガイルズ陛下はそういう土地こそ優秀な者に統治してほしいと考え、臣下《しんか》たちに与えようとしていらっしゃるが。それまで暮らしていた人々もそのほとんどが戦禍《せんか》に巻き込まれないようにと疎開《そかい》し、すでに新しい土地に根を下ろしてしまったあとだ。残っている人々の心をまとめあげて統治し、復興させようとしても、戦前の状況に戻るにはまだまだ時間がかかるだろう。

チルトン領やその周辺は幸いにも戦場にはならなかったので、なんだかんだ平穏《へいおん》に暮らしていられた。それがどれほど幸運なことだったのか、改めて噛《か》み締《し》める。

だからこそお父様が、余った領地を四つも押し付けられてしまったのだが。

「ロストロイ領は国内で唯一《ゆいいつ》、『神の食べ物』と名高い黄金《おうごん》の林檎《りんご》が生える地域です。その黄金の林檎の栽培で生計《せいけい》を立てている領民が多いですね。あと、珍《めずら》しい場所に教会があります」

「教会？」

「領地には海から直接繋《つな》がっている大きな湖があるのですが、その中央に小さな島があり、教会が建てられているんです」

「船で教会に渡るの？」

「もちろん船で渡ることも出来るのですが、海に繋がっているので潮の満ち引きの影響を受けるのです。それゆえ、干潮時《かんちょうじ》には湖の底が顔を出し、歩いて島に渡っていくことが出来るのですよ」

「へぇぇぇぇ〜！　面白そう！　領地に行ったら、絶対に訪ねたい！」

「ええ。必ずご案内いたします」

ギルとそんな話をして盛り上がっていると、先程退室したミミリーが血相《けっそう》を変えて現れた。

ジョージが「おや」と眉《まゆ》を顰《ひそ》める。

「旦那様と奥様の前ですよ、ミミリー。どうしたのですか？」

ミミリーは「申し訳ありません！」と言いつつ、額《ひたい》に汗を滲《にじ》ませ、顔色は青かった。

「どうしたの、ミミリー？　私たちに落ち着いて話してごらん？」

何度か深呼吸をしてから、ミミリーが言った。

「申し上げます！　たった今、屋敷にガイルズ国王陛下がいらっしゃいました‼」

ミミリーの発言に、私たちはしばし沈黙《ちんもく》した。本気で予想外の事態だった。

「……先触《さきぶ》れもなしにか？」

「『お忍《しの》びだから、もてなしは結構だぜ！』とのことですっ‼」

「そういう問題じゃない、陛下……‼‼」

ギルが頭を抱えたが、来ちゃったものはどうしようもない。

陛下を待たせているという応接室へ、私たちは向かうことにした。

▽

「クリュスタルムの返還のために、トルスマン皇国大神殿の大祭司《だいさいし》たちがやって来た？」

「おう。クソジジイどもが今、城に逗留《とうりゅう》してんだよ。俺、めっちゃダリィわ〜」

お忍びということで平民服を着てきたガイルズ陛下は、ソファーにだらりともたれ掛かった。

普通、王族や貴族の変装《へんそう》というものは、服装をどれだけ変えようとも本人の育ちの良さが滲み出てしまい、まったく変装になっていない場合が多い。

だけれど陛下の場合は、本当に平民に見えた。『下町で親父の代から続く肉屋を営んで三十年、そろそろ倅《せがれ》に跡を継がせて引退しようか悩んでいるオジサン』という雰囲気だ。

陛下のお忍びに合わせて平民服でやって来た護衛の方が、高貴に見えるレベルであった。

「つーわけで、ギル、オーレリア。明日、クリュスタルムを連れて城に来い。大祭司たちと面会だ」

「明日、この災厄《さいやく》と即刻《そっこく》お別れ出来ると考えてよろしいのですか、陛下?」

今まで夫婦のラブシーンを邪魔《じゃま》されまくったギルは、相変わらずクリュスタルムを災《わざわ》い扱いしている。クリュスタルムとの別れの予感に、すでに清々《すがすが》しい表情を見せていた。

「大祭司たちはそのつもりらしいがな」

陛下は大祭司たちの訪問日程を一つずつギルに伝えていく。

私はそれに耳を傾けつつ、膝《ひざ》の上のクリュスタルムに視線を落とした。

「ついにお別れみたいだね、クリュスタルム」

〈うむ　国への帰還は妾の長年の悲願じゃ　……だがオーレリアとギルとの別れと考えると　ちと寂《さび》しいのじゃ……〉

そう言ったクリュスタルムの中心の光が、弱くなっていく。

クリュスタルムは感情に合わせて、その能力を変質させる。

喜び楽しんでいるときは光り輝いて、周囲に豊穣の力をもたらす。怒り悲しんでいるときは黒く濁《にご》り、周囲に死の呪《のろ》いをまき散らす。少々厄介《やっかい》な力だ。

だがそんなことは関係なく、私はクリュスタルムにはいつでも楽しい気持ちでいてほしい。この水晶玉は『竜王の宝物殿』で百五十年も孤独《こどく》に過ごしたのだから。

長い孤独のあとで私たちと出会い、馴染んでしまったものだから、余計に別れがつらくなってしまったのかもしれない。

心を預けてしまった相手との別れは、いつだって寂しい。

それが死に別れではなくとも、喜びと希望に溢《あふ》れたお別れだとしても。心のどこかに隙間風《すきまかぜ》を感じてしまうものだ。

〈ギルの例の件もあるのじゃし……〉

ギル本人には聞こえないように、クリュスタルムは誕生日サプライズパーティーの計画について呟《つぶや》く。さっきまで参加を楽しみにしていたからなぁ……。

私は水晶玉のツルツルとした冷たい表面をそっと撫《な》でた。

「私もクリュスタルムに会えなくなるのは寂しいよ」

私がただ肯定すれば、クリュスタルムは〈うむ……〉と静かに頷《うなず》いた。

その日のクリュスタルムはとても静かだった。

▽

翌日。私とギルはクリュスタルムを連れて、馬車で王城へと向かう。

普段は爆破魔術の邪魔にならない自分好みのシンプルな服装に、夫から貰った『焔玉《えんぎょく》』という名前の紅《あか》い宝石で出来たドデカいハートのピアスを着けている。

ピアスのデザインはまったく私の趣味《しゅみ》ではないのだが、ギルの愛情（居場所探知の魔術）が詰まっているため、外すに外せないのだ。

だから外出時には、服装の方をピアスに合わせている。だいたいは、少女感満載《まんさい》のロマンチックなドレスだ。

この手のドレスは、殉職《じゅんしょく》した元魔術師団上層部のおひぃ先輩《せんぱい》がよく着ていたけれど、あれはもう十九年以上前のことなので、一昔前《ひとむかしまえ》の流行《りゅうこう》だ。一昔前っていうのが、一番ダサく感じるんだよねぇ。

それにフリルやレースが多いと、爆破魔術を使う時に燃えやすい。そういった面でもあまり好みではない。

けれど、私がこういう格好をするとギルがめちゃめちゃ喜ぶのである。可愛い夫が喜ぶのなら、まぁいいか。

本日はクリーム色の生地《きじ》に野苺柄《のいちごがら》の刺繍《ししゅう》がいっぱい、という何だかケーキになった気分になれるドレスだ。着用しただけで口の中が甘くなってきたような気がするぞ……？

オリーブグリーンの長い髪を巻いてリボンを付けてもらい、化粧《けしょう》まで終われば、あざとさ満点の新妻《にいづま》の完成だ。

お父様譲《ゆず》りの美貌《びぼう》のおかげで、割とどんな服装でも様になるのがすごいなぁ。お父様、私にこの顔を与えてくださって本当にありがとうございます。

フリルにレース、リボン増し増しな姿で私が現れれば、今回もギルが「オーレリアが僕のために着飾ってくださっている‼」と喜んでくれた。頑張っておめかしした甲斐《かい》がある。

もしかするとギルは、ファッションの引き算という概念《がいねん》がないのかもしれない。ないものは仕方がないな、うん。

王城に着くと、第一応接間へと案内される。ここは主に、国外の来賓《らいひん》をおもてなしする時に使用される部屋だ。

今日の会合で一番身分が低いのは私たちなので、約束の時間よりだいぶ早めにやって来た。ガイルズ国王陛下やトルスマン皇国の大祭司がやって来るまで、ひたすら待機である。

ちょっと面倒だけれど、これが貴族のマナーなのだから仕方がない。

そう思って第一応接間に入ると、——何故か私たち以外の人間が、すでに全員雁首《がんくび》を揃えて椅子《いす》に腰掛けていた。

奥の椅子には昨日お会いしたばかりのガイルズ陛下が、今日は王族らしい格式張《かくしきば》った衣装を身に着け、王冠《おうかん》を被《かぶ》って鎮座《ちんざ》している。昨日の平民服があまりに似合《にあ》い過ぎていたせいで、王族らしい服装の方が違和感があるなぁ。

ガイルズ陛下の隣には、トルスマン皇国から嫁《とつ》がれた元巫女姫《みこひめ》の側妃《そくひ》様がいらっしゃった。クリュスタルムの件で謁見《えっけん》したとき以来である。相変わらずお美しい。

トルスマン皇国大神殿からの来賓は一目で分かった。彼らは皆、純白《じゅんぱく》の民族衣装を身に着けていたからだ。

大神殿の人々は、男女合わせて二十人くらいはいるだろうか。

いかにも長老《ちょうろう》といった雰囲気を醸《かも》し出しているおじいちゃんが、きっと大祭司なのだろう。おじいちゃんの側には、補佐を担《にな》う祭司がたくさん控えていた。

あとはクリュスタルムをお世話するために選ばれたという、巫女姫の集団が並んでいる。

私は思わず、ギルに視線を向けた。

――これって、もしかして私たち、遅刻《ちこく》した？　約束の時間より三十分前に到着したけれど、それじゃ足りなかったかな？　いっそ前日入りして、徹夜《てつや》待機すべきでしたかね？

私の考えが伝わったのだろう。ギルは小さく首を横に振った。

どうやら私たちが遅刻したわけじゃないっぽい。

戸惑《とまど》っていると、トルスマン大神殿の人たちが椅子から立ち上がり、こちらに近付いてきた。

彼らは大祭司を中心にして並ぶと、ゆっくりと跪《ひざまず》く。

「クリュスタルム様。長きにわたるご不在を、トルスマン皇国の民一同たいへん憂《うれ》えておりました。再び我らが国にお戻りになることを祈り続け、ようやく今日の日が訪れました。どうか我らにその尊いお姿をお見せくださいませ。そして我らに豊穣の加護をお与えください、クリュスタルム様……‼」

大祭司は切実そうな声で、私の斜《なな》めかけバッグに話しかけてくる。

クリュスタルムに話しかけているだけなのだけれど、お偉いさんが私に跪いているみたいだ。はたから見たらすごい光景である。

〈うむ　良かろう　……オーレリア　妾を鞄《かばん》から出してくれなのじゃ！〉

クリュスタルムに促《うなが》され、私は訳が分からないまま水晶玉を取り出す。

大祭司たちはピカピカ輝くクリュスタルムの姿を見て、両手を合わせて感謝の祈りを捧げ始めた。

やっぱり私が崇《あが》められているみたいで、怖いぞ。

「……大祭司たちにとってこの場で最も高位なのは、この災厄だということですね」

ギルがぼそりと呟く。

なるほど。それで皆めちゃくちゃ早い集合だったんだね。

私はようやく納得した。


改めて陛下や大祭司たちに挨拶をする。

「いやはや、ロストロイ魔術伯爵夫妻様。クリュスタルム様を見つけて連れ帰ってきてくださり、本当に感謝しております」

豊かなグレイヘアーの大祭司はそう言って、私たちににこやかに礼をした。

初対面の相手に対してこんなことを思うのは非常に失礼だと重々承知しているが、なんだか胡散《うさん》臭《くさ》い笑顔のおじいちゃんだなぁ……。

まぁ、相手はあのトルスマン皇国大神殿の大祭司だ。我がリドギア王国とは宗派《しゅうは》の違う相手なので、相容れない部分は多いだろう。

我がリドギア王国は、ヴァルハラにいらっしゃる大神様を筆頭《ひっとう》に様々な神々を崇めている。

だがトルスマン皇国は昔から、ヴァルハラにいらっしゃる神々の中でもたった一人の神を強く崇めている。

その神は我が国では軍神《ぐんしん》として崇められているのだが、トルスマン皇国ではその御方のことを天《てん》空神《くうしん》と呼んで崇めている。ヴァルハラの最高神も大神様ではなく、天空神だと主張している。

同じ聖書を扱っていても、国や時代が変われば、崇める神も移り変わっていくものだ。戦争の多い国々や時代には戦いの神が、不作には豊穣の神が、疫病《えきびょう》が流行《はや》る時代には無病息災《むびょうそくさい》の神が、というふうに。

私にとってはそれだけの話なのだが、トルスマン大神殿は他の神々を崇める宗派に対して排他的《はいたてき》だという噂が前世の頃からあった。

この大祭司がどういう人かはまだ分からないけれど、そういった宗教的背景から少々身構えてしまう相手である。

挨拶を終えると、私は用意されていた椅子にギルと並んで腰掛ける。

そして、クリュスタルムをテーブルの上にゴトリと置いた。

すると大祭司側の椅子から、突然、奇妙な声が聞こえてきた。

〈ああ　そこにいるのは我が愛しのクリュスタルム……!!　お前が野蛮《やばん》なトカゲに拐《かどわ》かされてからどれほど心配し　涙を流して過ごしてきただろう？　クリュスタルムよ　この兄にお前の元気な姿をよく見せておくれ!!〉

〈その声は兄上じゃな！〉

クリュスタルムが途端《とたん》にはしゃいだ声をあげる。

水晶玉に兄とは……？

疑問に思う私の目の前で、トルスマン大神殿側の椅子に腰掛けていたプラチナブロンドのふわふわヘアーの少年が動き出した。

少年は抱えていた包みを広げ、その中身を恭《うやうや》しい手つきでテーブルの上へと置く。

それは黄金で出来た、水晶玉用の『台座《だいざ》』であった。精巧《せいこう》な模様が彫り込まれ、気品漂う四つの脚がついている。

〈この世で最も麗《うるわ》しい妹よ　百五十年の時が経とうとも　そなたの輝きは欠片《かけら》も変わらぬようだ！　さぁ　兄の胸へと帰っておいで！〉

低く色気のある男性の声が『台座』から聞こえてくる。

なんというシュールさだ。

そして『台座の胸』とは、どこの部位を指しているのだろうか？　謎多き存在である。

クリュスタルムは嬉しそうに兄へと答えた。

〈兄上もお変わりないようで安心したのじゃ！　クリュスタルムはあの阿呆《あほう》なトカゲに囚《とら》われていた間も　決して兄上と国のことを忘れたことはありませんのじゃ　再び相まみえることが出来て恐悦至極《きょうえつしごく》でありますのじゃー!!〉

クリュスタルムは〈オーレリア　妾を兄上の腕《かいな》へ抱かせてくれなのじゃ〉と気軽に注文してきた

が、台座の腕も胸も分からんのだよ。

とりあえず普通に、台座の上にクリュスタルムを載せれば、二人はキャッキャと再会を喜び合った。

〈その者たちが我が妹を救い出してくれた恩人《おんじん》なのか？　クリュスタルムよ？〉

〈その通りなのですじゃ！　兄上！〉

クリュスタルムは私とギルのことを台座に紹介した。

〈我が名はアウリュムだ　この世界で一番素晴らしい光の存在であるクリュスタルムの兄である我が妹が実に世話になったな　恩人たちよ〉

アウリュムは礼を言ったあと、長々と昔話を始めた。

かつてトルスマン皇国には、一人の凄腕《すごうで》の魔道具師《まどうぐし》がいた。魔道具師とは、物に魔術式を込めることが出来る魔術師のことだ。

その凄腕の魔道具師が、まずは台座のアウリュムを作り、次に豊穣の宝玉クリュスタルムを制作したそうだ。

アウリュムとクリュスタルムは、最初の百年は自我《じが》がなかったらしい。

だが、クリュスタルムの豊穣の加護は凄まじく、不毛《ふもう》の土地であったトルスマン皇国を緑豊かな土地へと変えていった。多くの国民がクリュスタルムたちを崇めるようになったらしい。

そして制作者である魔道具師が亡くなると、クリュスタルムとアウリュムは大神殿に奉納《ほうのう》された。

その頃には兄妹揃って自我を持ち、大神殿の者たちと意思疎通して、人々から大切にされてきたそうだ。

そんなクリュスタルムとアウリュムの楽しい暮らしに、ある日、悲劇が襲った。

〈あれは百五十年前の晩秋《ばんしゅう》のことだった　我とクリュスタルムが暮らす麗しの大神殿に　愚《おろ》かなトカゲが飛来した……〉

その日、クリュスタルムとアウリュムは、巫女姫たちに傅《かしず》かれながら中庭で日光浴をしていたらしい（秋の日差しを浴びてキラキラと光り輝くクリュスタルムを讃《たた》えるアウリュムの言葉が、延々《えんえん》と続いた）。

巫女姫たちが奏《かな》でる音楽や舞を楽しみ、のんびりとした時間を過ごしていると。

巨大なトカゲ――すなわち竜王が上空に現れたそうだ。

大神殿の兵士たちが竜王を討伐《とうばつ》しようとしたが、一瞬にして倒されてしまった。

そして竜王は、まんまとクリュスタルムを盗んでいったらしい。

ドラゴンは黄金や宝石に目がないもんなぁ。

きっと空を飛んでいたら地上でキラキラ光るものを見つけてしまい、そのまま盗みに行ったのだろう。なんとも不運な話だ。

〈クリュスタルムが拉致されて以来　トルスマン皇国の地は恵みを失っていった
そして少なくなった恵みを貴族たちが独占し　下々の者たちは飢えていった
それを憂えた先の皇帝がリドギア王国へと戦争を仕掛け　沃土を奪おうとした
結果　我が国は敗北したが　リドギア王国に住まう者たちには本当に申し訳ないことをしたと

思っている

『豊穣の宝玉の台座』としてトルスマン皇国の暴走を止めることが出来なかったことを　ここに深く陳謝《ちんしゃ》する〉

ギルも陛下たちも、厳《きび》しい表情でアウリュムの謝罪を聞いていた。

クリュスタルムの話とトルスマン皇国の衰退の流れから、先の戦争の原因の一つに豊穣の宝玉の喪失が関わっていることは、なんとなく予想していた。

けれど、それは本当に小さな切っ掛けに過ぎない。

リドギア王国やその周辺国との貿易を増やすだとか、支援を求めるだとか、農業や養殖の研究に力を入れるだとか。国が助かる道は他にもあったはずだ。なにせ、クリュスタルムの喪失から百五十年の時があったのだから。

そういういろんな方法を無視して最終的に戦争を選んだトルスマン皇国のかつての上層部を、私個人が許すことはない。

魔術師団の仲間たちが死に、王国軍の兵士たちもたくさん殉職し、無抵抗な国民さえもがヴァルハラへと旅立っていった。

その悲しみを、私が忘れられる日は来ないだろう。

リドギア王国民の大多数もそのような気持ちだと思う。

けれどトルスマン皇国の前皇帝や、かつての上層部はすでに処刑されている。

もうこれ以上憎しみを引きずりたくはない、というのも本心だ。

悲しみが消えることはないけれど、オーレリアとしてギルと未来を生きると決めたのだから、私はアウリュムの謝罪を静かに受け入れたい。

「お前の言い分は分かったぜ、『豊穣の宝玉の台座』アウリュムよ。謝罪は受け入れよう」

ガイルズ陛下が口を開く。

「じゃ、クリュスタルムの返還について話を進めるか。宰相《さいしょう》、説明を」

「はい、陛下」

陛下のお傍に立っていた宰相が進み出て、大祭司側と話し合いを始めた。

——もうすぐクリュスタルムとお別れかぁ。

昨日とは打って変わり、兄との再会を喜んで水晶玉の中央を輝かせるクリュスタルムを、私は眺めた。

……まぁ、クリュスタルムがもう寂しくなければ、それでいいか。

そんなふうにしんみりとしていたら、クリュスタルムによる恒例《こうれい》の美女選定が始まった。

クリュスタルムはトルスマン皇国から選ばれた巫女姫を一人一人審査していく。

〈好みではないのじゃ〉

〈そなた　生娘《きむすめ》ではないのじゃ！〉

〈顔は好みじゃが　性根《しょうね》が悪過ぎるのじゃ〉

などと、バッサバッサと落選させた。そして誰もいなくなった。

唯一クリュスタルムから合格点が出たのは、アウリュムを持ち運ぶ役目を担っていたプラチナブロンドの少年だけだった。

彼に関しては好みにうるさいクリュスタルムも絶賛《ぜっさん》していた。

〈実に好みの顔の生息子《きむすこ》なのじゃ！　さすがは兄上の側仕えじゃ！〉

〈きっと我が妹が気に入ると思い　選んだのだよ〉

少年は私より一つ年上の十七歳とのことだが、クリュスタルムに生息子と連呼されて泣きそうな表情をしていた。

そうだよね。祭司とはいえ、多感な時期だもんなぁ。

〈兄上！　気に入る巫女姫がおらぬので　妾は帰国の準備が整うまではオーレリアとギルと共にロストロイ魔術伯爵家に滞在するのじゃ！〉

クリュスタルムがそう言った。

もしや最初からそれが狙いで、巫女姫たちを落選させたのだろうか？

そう疑いたくなるくらいにキッパリとした態度であった。

〈クリュスタルムが巫女姫たちを気に入らないと言うのならば仕方があるまい　我が麗しの妹の願いはすべてこの兄が叶えてみせよう　さぁ大祭司よ‼　新たな巫女姫の選定をするのだ‼　トルスマン皇国からすべての美しい乙女《おとめ》を集めよ‼〉

アウリュムのやつ、めちゃくちゃ妹を甘やかすじゃん？

クリュスタルムの性格があのように形成された原因の一端《いったん》が、見えたような気がした。

「いや、待ってくれ、クリュスタルム」

今まで静観《せいかん》していたギルが、青褪《あおざ》めた表情でクリュスタルムに問いかける。

「貴様はトルスマン皇国へ帰ることを悲願としていただろう。ようやくアウリュムや大神殿の者たちと再会出来たのだ。このまま彼らと過ごすべきではないか⁉　というか、もういい加減、僕の妻から卒業しろ‼　してくれっ‼‼」

〈兄上や新しい大祭司たちとも無事に相まみえることが出来たのじゃから　そう急ぐこともなかろう　どうせ帰国の準備には今しばらく時間が掛かるのじゃ　その間オーレリアとギルと過ごしたところで何も問題はないのじゃ！〉

クリュスタルムは〈そうじゃなっ！　オーレリア！　妾たちはまだ例のアレが……じゃな！〉と、こちらに話を振ってくる。

もしかするとクリュスタルムは、ギルの誕生日まではなんだかんだと帰国を引き延ばす気かもしれなかった。

クリュスタルムの楽しい魂胆《こんたん》に、思わず笑いそうになり、私は口元を押さえる。

「アウリュム殿、貴方《あなた》も百五十年ぶりに再会出来た妹と離れたくはないでしょう⁉　もっと一緒に過ごしたいですよねっ⁉」

まさかクリュスタルムが自分の誕生日を祝おうとしているなど露程も思っていないギルは、必死に屋敷から追い出す理由を探している。

〈恩人よ　我は愛しい妹のしもべに過ぎぬのだ　クリュスタルムが望むものすべてを叶えてやることがこの兄の使命だ　妹が望むのならば帰国までの残り時間は恩人たちに譲ろう〉

〈兄上　ありがとうなのじゃ!!〉

〈お前の喜びこそが我の喜びだよ　クリュスタルムよ〉

麗しき兄妹愛である。

「くそっ!!　くそっ!!　妹を甘やかすな、台座のくせに……!!」

あてが外れたギルが、珍しく暴言を吐きながら頭を抱えた。

私はポンッと夫の肩を叩いてあげた。

クリュスタルムはなんだかんだ君のことをかなり気に入っているぞ、という思いを込めて。

第二章　◆　トルスマン皇国大神殿の企み

さて、帰国までロストロイ魔術伯爵家《まじゅつはくしゃくけ》での居候《いそうろう》の座を無事に勝ち取ったクリュスタルムを加えて、私と使用人たちは例のサプライズパーティーの準備に忙しい。

休暇中のギルの目を盗んで進行しなくてはいけない関係上、打ち合わせの時間と場所を確保するのもたいへんだ。

「オーレリア奥様《おくさま》。大量発注したシャンパンが無事に届きました」

廊下《ろうか》ですれ違うタイミングで、ジョージが耳打ちしてくる。

うむ。やはりパーティーにシャンパンタワーは外せないからね。

「当日までしっかり隠しておいてね、ジョージ」

「ご心配なく。奥様の大量のお酒を保管している倉庫に運んでおきますので。抜かりはありませんよ」

「木を隠すなら森の中。お酒を隠すなら私のお酒コレクションの中ってわけだね。さすがはジョージだよ」

「お褒《ほ》めいただき恐縮《きょうしゅく》でございます」

私とジョージは目を合わせ、頷《うなず》き合う。そして何事もなかったかのようにお互いの進行方向へと別れた。この場面をギルがどこかで目撃していたとしても、まさかパーティーの打ち合わせをしていたとは気付くはずもない。それほどに短い時間であった。

自室で過ごしていると、今度はミミリーがやって来た。彼女は両腕に大量のリネンを抱えている。

「奥様、料理長からこちらを預かってきました」

ミミリーはリネンの中から、パーティー当日に出すメニューやケーキの提案書を取り出した。

「なんて完璧な隠ぺい工作なんだ、ミミリー！　その運搬方法なら、あの目敏《めざと》いギルでさえ気付くはずもないよ……！」

ミミリーは「とんでもないことでございます」とお辞儀《じぎ》をしたあとで、

「料理長からメニューの試食をしてほしいとのことです。奥様のご都合の良い時間をお知りになりたい、と」

と伝言をもらった。

「試食の件も、ギルに見つからない時間を探さなくちゃね」

私は頷く。やることがいっぱいだ。

テーブルの上にいたクリュスタルムが声を上げた。

〈オーレリア！　招待状の件もミミリーに頼むのじゃろう⁉〉

「あ。そうだった」

私はちょうど書き終わったばかりの招待状を、ミミリーに手渡す。

「ミミリー、この招待状の配送を頼んできてもらえるかな？」

〈チルトン家を誕生日パーティーに誘うのじゃ!!　自国へ帰る前にあの可愛《かわい》い童《わらべ》たちにもう一度会ってチヤホヤされたいのじゃー!!〉

「かしこまりました」

ミミリーは今度は招待状をリネンの中に隠した。

〈他には何を準備すればいいのじゃ⁉　オーレリア⁉〉

「あとは会場の飾りつけでしょ～、お花も手配をして～」

〈花なら妾《わらわ》がいくらでも咲かせてやるのじゃ!!　ほれっ!!〉

まだ話している途中だったが、花の話題になった途端、クリュスタルムは自分の出番だと言うようにピカッ！　と白い閃光を放つ。

すると、窓の外にあった木々のまだ固く身を縮めていた蕾が、ポンッと音を立てて花開いた。

チルトン領でも見た光景だが、相変わらず凄い力である。

「お花を咲かせてくれてありがとう、クリュスタルム。とっても綺麗だよ」

〈わはははは!!　お安い御用《ごよう》なのじゃ!!〉

「あとは玄関ホールにある一ツ目羆《ひとめひぐま》の剝製《はくせい》に、紙でパーティーハットを作ってあげるでしょ～。あのトンガリ帽みたいなやつ」

パーティーまでに準備したいことを指折り数えていると、ミミリーが「オーレリア奥様」と私を呼んだ。

「一番大事なことをお忘れです」

「大事なこと？」

「旦那様《だんなさま》に贈るプレゼントです！」

「あぁぁ〜!!」

誕生日の最大の楽しみの一つ、プレゼント。

サプライズパーティーの準備にばかり集中していて、一番大事なものを忘れていたようだ。

ギルに一体何を贈ろうか。

どうやってギルにバレずにプレゼントを購入するか、という問題もある。

屋敷に商人を呼ぶとしても、ギルにバレないようにしなければならない。それに正直、商人が厳選して持って来てくれた商品の中から選ぶよりも、たくさんの商品の中から自分の目で吟味《ぎんみ》して選びたい。夫《おっと》になったギルに初めて贈る誕生日プレゼントなのだから。

思案に暮れていると、扉をノックする音が聞こえた。

「オーレリア、僕です。登城の支度《したく》はお済みでしょうか？」

「おっと、もうそんな時間か。クリュスタルム、バッグに入れるねー。窮屈《きゅうくつ》だけれど我慢《がまん》してね」

〈了解なのじゃ！〉

私は斜《なな》めかけバッグを掛けて、廊下へと出る。そこには魔術師団長《まじゅつしだんちょう》の黒いローブを着たギルが立っていた。ローブの胸元には上層部の証しであるエンブレムが付いており、どこからどう見ても仕事モードのギルであった。

「では、その災厄《さいやく》を早く追い払うために今日も登城いたしましょう」

ギルはやたらと黒い笑みを浮かべてそう言うと、私にエスコートの手を差し出す。

「……本当は登城の時間すら惜しいんだけれどなぁ」

夫の大きな手のひらを見つめて、私は思わずぼやいてしまった。

「すみません、オーレリア。今なんとおっしゃいましたか?」

ギルが不思議そうに首を傾げる。

「ううん、こっちの話だから気にしなくていいよ」

「そうですか?」

いけない、いけない。ギルに誕生日パーティーのことは気取られないようにしないと。

私は作り笑顔を浮かべると、ギルの手を取った。

ギルはまだ不思議そうに私の様子を窺《うかが》っていたが、そのうち自身に待ち構えている予定を思い出したらしく、また黒いオーラを撒き散らしながら玄関ホールへと向かった。

▽

トルスマン大神殿の人たちと面会した日以降、私は毎日登城している。

クリュスタルムをアウリュムたちに引き合わせ、トルスマン皇国《こうこく》から駿馬《しゅんめ》で送られてきた美少女たちの肖像画《しょうぞうが》を査定するクリュスタルムの付き添いをしているのだ。

ギルのサプライズパーティーの準備と並行しているので、過密スケジュールである。おかげで日課である爆破魔術の時間も短縮中だ。

最初の二日ほどはギルも付き合ってくれたのだが、『長期休暇中のはずの魔術師団長が登城している』という噂《うわさ》が魔術師団まで伝わってしまった。結果、ギルの部下たちがぞろぞろと押し寄せてきたのである。

ギルは激しく抵抗した。

「こっちは新婚休暇中なんだ!!　僕に配慮《はいりょ》しろ!!」と、本気の表情で杖《つえ》を構えたほどだった。

しかし部下から、「ペイジ副団長がちっとも帰ってこなくてぇぇぇ!!　ロストロイ団長、急ぎの仕事の確認だけでもお願いしますぅぅぅ!!!!」と泣き喚《わめ》かれると、最後は大人しく連行されていった。

それ以来ギルは、暗い表情で登城している。どう見ても『急ぎの仕事の確認』だけでは終わっていない模様だ。可哀《かわい》そうに。

「オーレリア、僕は将来子供が生まれたら、育児休暇を二年くらい取ろうと思っています……」

「まぁ頑張れ」

今日も今日とて王城の廊下の分かれ道に辿り着いた途端、夫は半分死んだ目をしながら私に抱きついた。

哀《あわ》れに思った私はギルの背中《せなか》を撫《な》でようとして……、やめた。

ギルの背中には、現団員だという青年（骸骨《がいこつ》のように頬《ほお》がこけている）と中年男性（頭頂部が風前《ふうぜん》の灯《ともしび》）が泣きついていた。

すごくすごく、むさ苦しい。

彼らはギルの発言を聞くと、「なら団長、俺、今すぐ婚活パーティーに行って結婚して子供作るんで、育児休暇二年くださいッス！」「俺の時は育児休暇二週間しかくれなかったじゃないですか、ロストロイ団長……っ！」と喚いた。

今の団員も愉快《ゆかい》そうな感じの人ばかりだなぁ。

彼らの手によって、ギルが魔術師団の建物がある方向へと引きずられて行く。

その姿を見送るのが日課になってしまった。

〈さぁオーレリアよ！　今日も兄上のもとへと参るのじゃ！〉

「そうだね、クリュスタルム。あ、すいません、案内を中断させてしまって。トルスマン大神殿の方々のお部屋までお願いします」

私が声を掛けたのは、初日からずっと案内やお世話を担当してくれている王城の侍女《じじょ》だ。

素朴《そぼく》な三つ編みを背中に流している彼女は、戸惑《とまど》った表情でギルを見つめていたが、私の言葉にすぐに「はい。ご案内いたします」と返事をしてくれた。

ギルのやつ、女性嫌い設定が長かったみたいだからなぁ。

この侍女さんも、今までとは違う様子のギルを見て驚いているのかもしれんな。

なにせ侍女さん、初日からギルの様子に「え⁉」という表情を何度も浮かべていたし。色々と予想外だったのだろう。

そのまま侍女のあとをついて廊下を進んで行けば、本日も無事にアウリュムと大祭司《だいさいし》たちが待っている部屋へと到着した。

部屋の中央にあるテーブルには、トルスマン皇国から新しく届いたらしい肖像画が山のように積み重なっていた。

〈今日も我が妹は女神のように美しいな〉

さっそくアウリュムが話しかけてくる。

〈美しきお前の為にまた新しい肖像画を届けさせた　気に入る者がいれば何人でもお前の巫女姫《みこひめ》に選びなさい　お前に選ばれることは　トルスマン皇国の民ならば永遠の名誉と同じだよ〉

〈ありがとうなのじゃ　兄上！〉

クリュスタルムはアウリュムの上に設置されると、祭司たちに指示を出し、肖像画を見やすいように掲げさせる。

どうせ今日も新しい巫女姫は生まれないんだろうな。ギルの誕生日パーティーまで我が家に滞在するために。

私は先程の侍女が淹れてくれたお茶を飲みながら、部屋の隅《すみ》にあるソファーでのんびりと寛《くつろ》ぐことにした。

▽

クラウスは五歳の頃からトルスマン皇国大神殿で暮らし、十七歳の現在は、若くして祭司の地位を得ている将来有望な少年だ。同年代の若者たちより少々小柄《こがら》であるために、十七歳より年下に見られてはいるが。

彼の主な業務は、豊穣《ほうじょう》の宝玉《ほうぎょく》の台座部分である『国宝アウリュム』のお世話係だ。

クラウスは大神殿に入ってからすぐに、アウリュムに見初《みそ》められた。

アウリュムのお世話係になることは大神殿の者なら誰もが栄誉に感じることだ。もちろんクラウスも身に余る栄誉を感じ、喜んでその御役目《おやくめ》を引き受けた。

そんなクラウスは女性によくモテた。

祭司としての地位の高さはもちろんのこと、ふわふわのプラチナブロンドの美しさや、神話に登場する天の使いのように甘く整った容姿のおかげだ。

特に年上の女性からの人気が高く、未亡人《みぼうじん》や火遊びがしたい奥様たちから声を掛けられることが多かった。

トルスマン皇国大神殿では神職者の結婚は許されている。巫女姫の寿退職《ことぶきたいしょく》が多いのもそのためだ。

だが、クラウスはとても内気な性格をしているため、女性から好意を向けられても尻込《しりご》みばかりしていた。火遊びなどもってのほかだった。

そんな気弱で色事に向いていないクラウスに苦難をもたらしたのは、トルスマン皇国大神殿で最も上の位に就《つ》く大祭司・アドリアンであった。

「はわわわわ……っ！　お、俺がロストロイ夫人を籠絡《ろうらく》、ですか……⁉」

とんでもない命令に、クラウスは大きな水色の瞳《ひとみ》を見開いた。

向かい合っているアドリアンは、眉間《みけん》にしわを寄せ、重々しい様子で頷く。

「そうだ。やってくれるな、クラウスよ？」

「むむむ無理です……！　俺が、じょ、女性を籠絡するだなんてっ！　そもそもどうして、ロストロイ夫人を籠絡しようなどという話になったんですか、アドリアン様……⁉」

クラウスの指摘は尤《もっと》もだった。

オーレリア・バーベナ・ロストロイ夫人は、クリュスタルムを『竜王《りゅうおう》の宝物殿《ほうもつでん》』から発見し、保護してくれた恩人の一人だ。

彼女に恩こそあれ、籠絡などという不穏《ふおん》な行いをしていい相手ではない。恩を仇《あだ》で返すような行為である。

さらに付け加えるならば、自分たちは敗戦国の人間で、戦勝国であるリドギア王国の貴族の不興《ふきょう》を買うわけにはいかなかった。

クラウスがそんな真っ当なことをしどろもどろに伝えれば、アドリアン大祭司は「そのようなことは、お前に言われずとも分かっておる」と、面倒くさそうに言った。

この部屋にいるのはアドリアン大祭司やその補佐の祭司たちだったが、皆一様に怖《こわ》い表情をしてクラウスを見つめる。

「私たちだって、憎きリドギア王国の女など欲しくはない」

アドリアン大祭司は忌々《いまいま》しげに言う。

アドリアン大祭司は戦時中も「リドギア王国の地にトルスマン大神殿の教えを広め、天空神様《てんくうしんさま》を唯一《ゆいいつ》とさせよ。他の神々を崇《あが》める邪教徒は皆、征服するべきだ」と発言し続けた。過激な戦争推進派だった。

実際に前皇帝や上層部と手を組み、大神殿の信者たちから寄付された金品を戦争資金として献上したり、多くの信者を鼓舞《こぶ》して戦争に送り込んだ危険人物でもある。

戦争協力をしたアドリアン大祭司を始めとした大神殿の中枢《ちゅうすう》を処刑する案も、当時リドギア王国側にはあった。

しかし、信者が肉の壁を作ってアドリアン大祭司を守ろうとしたため、処刑を取りやめたのである。終戦直後に彼を処刑すればトルスマン皇国民の荒れた心を抑えることが出来ない、という判断をガイルズ国王陛下《へいか》が下したのだ。

その後、アドリアン大祭司は表向きは滅多《めった》な発言をせず、リドギア王国に対しても従順な態度を見せてきたので、見逃され続けてきた。

そんなアドリアン大祭司だが、性根《しょうね》は特に変わってはおらず、リドギア王国に負けたことは今でも腹立たしく思っていた。今からでも侵略出来るのなら侵略して、邪教徒を一掃《いっそう》してしまいたいものである。

「だが、我々にはロストロイ夫人が必要だ。クリュスタルム様の巫女姫として、本国へ連れて帰りたいのだ」

七十歳をとうに超えたアドリアン大祭司が、溜《た》め息《いき》混じりにそう言った。

「奴隷《どれい》として扱《あつか》うならまだしも、巫女姫として遇《ぐう》するなど身の毛がよだつがな。……だが、そんなことも言ってられん。このままではクリュスタルム様が気に入ってくださる巫女姫が、トルスマン皇国内から一人も見つからぬかもしれんのだ」

クラウスはアドリアン大祭司の差別発言に一瞬眉をひそめたが、結局勇気がなくて口をつぐんだ。

代わりに口に出来たのは、別のことだ。

「どうしてですか⁉　今すぐには無理でも、本国に帰ってから、巫女姫選定の呼びかけを国中の女性にすれば、きっと……！」

「戦後十六年経った今も、賠償金支払いのために民には多くの税が課せられ、貧しい暮らしを強いられている。男児ならば労働力として育てる家も多いが、女児は口減らしに売りに出されているのが実情だ。そしてクリュスタルム様が望まれるような美しい少女は、そのほとんどが十四、五歳になる前に嫁に出されてしまっている。巫女姫選定を呼び掛けて集まる女性の数は、昔よりもずっと少ないのだ」

アドリアン大祭司の言葉に、クラウスは絶句《ぜっく》した。

クラウスは大神殿でアウリュムの世話に追われていて、民の実情をきちんと把握出来ていなかったのだ。

「だからクラウスよ、そなたに命じる。ロストロイ夫人を籠絡するのだ」

アドリアン大祭司は再度、クラウスに命じた。

「クリュスタルム様はあの女のことを気に入っていらっしゃる。あの女を巫女姫としてトルスマン皇国へ連れて行こう」

「だけれど、そんなこと……、夫のロストロイ魔術伯爵様が承諾《しょうだく》してくださるでしょうか……？ロストロイ夫人ご本人のお気持ちも分からないですし……」

「だから『籠絡』だと言ったのだ、クラウスよ」

アドリアン大祭司の説明はこうだった。

「ロストロイ夫人はまだ十六歳の少女だ。魔術伯爵様は三十二歳と年上で、その年の差は十六。そして結婚しているというのに、夫人がまだ生娘ということは――二人の間に男女の愛などないのだ。おおかた、伯爵の方が男色家《だんしょくか》なのではないか？」

この場にロストロイ魔術伯爵がいたら、彼はその心のままにアドリアン大祭司を氷漬けにしただろう。そしてガイルズ陛下に「やはりこの男は処刑すべきです」と陳情《ちんじょう》しただろう。

それほどの暴言であった。

「自分の年齢と同じだけ年が離れた男に嫁《とつ》ぐだけでも、普通の十六歳の少女にはつらいだろうに。夫から顧《かえり》みられることもないだなんて、あまりにも可哀《かわい》そうな境遇《きょうぐう》ではないか。お前もそう思うだろう、クラウス？」

アドリアン大祭司は、この件に関しては本気でそう考えて口にしていた。

十六歳も年の差がある男に嫁いだあげく相手にもされないだなんて、憎きリドギアの女であっても不憫《ふびん》すぎる境遇である。そして、巫女姫としてクリュスタルムに尽くして生きることはトルスマン皇国の女にとって名誉なことなので、ロストロイ夫人も泣いて喜ぶだろうと信じていた。

彼の周囲にいる祭司たちも同じ考えを持ち、「うんうん」と深く頷いている。

ロストロイ夫婦の関係を外側から見ると、そのように邪推《じゃすい》してしまうらしい。

クラウスもだんだんとロストロイ夫人に同情の念が湧《わ》き、心苦しそうな表情を浮かべた。

「……それは確かに、お可哀そうだとは思いますけれど」

「そんな哀れな女の心を慰めるのがお前の役目だ、クラウスよ。お前は十七歳と年が近く、女性から好かれる美しい容姿をしている。お前が優しくしてやれば、リドギアの女などお前にコロッと惚《ほ》れるだろうよ」

アドリアン大祭司は、クラウスの肩をポンッと叩いた。

「あの女がお前に惚れれば、自らトルスマン皇国へ来たいと願うだろう。そこからは我々大人の仕事だ。リドギア王に直談判《じかだんぱん》し、お前と夫人の間には『真実の愛』があるのだと訴え、お心を動かそう。『真実の愛』の力で、あの女をロストロイ魔術伯爵と離縁《りえん》させるのだ」

「そっ、そんなことが本当に出来るんでしょうか……？　魔術伯爵様から冷遇されていても離縁していないところを見ると、生家に利のある政略結婚だと思うんですけれど……」

「ロストロイ魔術伯爵とあの女の生家に、いくらか賠償金を支払わねばならないだろうな……。だが、クリュスタルム様さえトルスマン皇国へ来てくだされば、国はまた栄えるだろう。すぐに損失は取り戻せる。問題はない」

本当にそうなんだろうか……？　と、クラウスは返事をためらった。

ロストロイ夫人が可哀そうな結婚をしていて、ロストロイ魔術伯爵と夫人を離縁させても何とかなるとして。

自分は、心にもない言葉で女性を口説いたりすることが本当に出来るんだろうか？

もしロストロイ夫人が本当に自分のことを好きになってくれて、トルスマン皇国へやって来てくれたとしたら？　自分は責任を取って、彼女と結婚してあげられるんだろうか？

自分に彼女に対する愛が生まれないのなら、きっとロストロイ魔術伯爵との結婚の時と同じだけつらい思いを彼女にさせてしまうかもしれない。

そんなことを考えてしまうと、クラウスはなかなか返事が出せなかった。

「いい加減に覚悟を決めるのだ、クラウスよ！」

アドリアン大祭司が地を這《は》うような低い声を出した。

「すべてはトルスマン皇国を豊かにし、民を幸福にするためだ！　腹をくくれ！」

自国を豊かに。そして民を幸福に。

それはクラウスが大神殿に入ってからずっと、天空神様に祈り続けてきた願いだった。

アドリアン大祭司はそのことを理解していたため、あえてその言葉でクラウスを煽《あお》った。

そしてクラウスは見事術中にはまり、覚悟を決めた表情を浮かべる。

「……はい。分かりました、アドリアン様」

クラウスは決心した。

ロストロイ夫人を頑張って籠絡し、巫女姫としてトルスマン皇国へ来てもらおう。

そして、いくら冷遇する夫であっても離縁させてしまうのだから、――責任を持って彼女と結婚し、絶対に幸せにしてあげよう、と。

こうして、トルスマン皇国大神殿の『真実の愛大作戦』が幕を開けた。

▽

「貴女《あなた》なんてロストロイ様に相応《ふさわ》しくないわ！　たとえロストロイ様ご本人が貴女を認め、世界中が貴女を祝福しようとも、この世界であたしだけは、貴女がロストロイ様の結婚相手であることを絶対に受け入れないんだからぁぁぁ‼」

固く閉ざされた扉の向こうから、若い女性の非常に魂《たましい》のこもった叫び声が聞こえてくる。

私は鍵《かぎ》をかけられた部屋の中で佇《たたず》み、しくじったなぁ……と思った。

ここまでの簡単な経緯を説明しよう。

今日も今日とてクリュスタルムの保護者として登城し、巫女姫選定をしているクリュスタルムとトルスマン皇国大神殿の人たちの様子を眺めながらお茶をしていたら、たいへん当たり前だがお手洗いに行きたくなった。

そこでいつもの三つ編みの侍女にお手洗いへの案内を頼んだら——お手洗いとはまったく関係のない部屋に閉じ込められてしまったのである。

そして現在、三つ編みの侍女が廊下から犯行理由を叫んでいるというわけだ。

「……貴女がギル推しなのはよく分かったから、とりあえず、お手洗いの場所だけ教えてくれないかな？」

「教えるわけないでしょ！　貴女なんて淑女《しゅくじょ》としてそこで終わればいいんだわ！」

どうしてギルに恋する女性というのは、色々と癖《くせ》が強いのだろうか。かつて投身自殺未遂をしたナタリージェ様もそうだったし。

ナタリージェ様は今でも嫌がらせでノンアル飲料を私宛てに送りつけてくる。仕方がないから使用人に『ご自由にどうぞ』ってあげているけれど。執事《しつじ》のジョージが下戸《げこ》なので、とても喜んでいた。

どうせ送ってくれるなら、ラジヴィウ公爵領の銘酒《めいしゅ》とかくれないかなぁ、ナタリージェ様。

あれ？　もしかすると私も『ギルに恋する癖の強い女性』の内訳に入ってしまっているんだろうか……？

突如《とつじょ》湧いた疑問から私はそっと目をそらし、扉の向こうへと説得を試みた。

「こんなことはやめるんだ。貴女が罪を犯せば、田舎《いなか》のお母さんが泣いちゃうよ。今ならまだ、私の胸のうちだけに留めておけるから」

「あたしの実家、王都だけれど!?　あと、うちの母親は毒親だったから大っっっ嫌いなの!!」

「それは不運だったねぇ。人情に訴える作戦は失敗かぁ。うーん、じゃあ……、せっかく王城で働いてるのにこんなことをしたら、クビになっちゃうよ～。すごく勿体《もったい》ないと思うな～」

「お生憎《あいにく》さまっ！　そんなことは承知の上よ。もうすでに城には退職願を出して、引き継ぎも終わってるの！　今日が最終日だから決行したのよ！　あたしはこのあと北の大地へ行って、ジャガイモ農家に住み込みで働くことになってるの！」

変な方向に用意周到な女性である。なぜその情熱を他の方向に向けられないのか。

「私にこんなことをしても、ギルは貴女のものにはならないよ」

「それこそ百も承知よ！　毎朝毎朝イチャイチャと廊下で別れのあいさつをして！　遠距離恋愛かっつうーの!!」

「え？　そんなにイチャイチャしてたかなぁ？　他人から指摘されると、ちょっと照れるね……」

「ムカツク!!　マジでムカツク!!　ずるい！　妬《ねた》ましい！　羨《うらや》ましい！」

「いや。でもそれ、ただの逆恨みじゃん？」

「そうよ、逆恨みよ！　逆恨みのサラとはあたしのことよ!!」

サラちゃんっていうんだ、この侍女。

あまりにきっぱりと自らの逆恨みを認めるので、なんだか気が抜けてきた。

さて、こうしてダラダラと喋《しゃべ》っているわけにもいかない。私はお手洗いに行きたいのだ。

あんまり城内で爆破はしたくなかったけれど、今回の私は被害者だから、扉を破壊するくらいならガイルズ陛下も許してくれるだろう。許してくれるよね？

許してくれなかったら、まぁ、ギルからたくさんお小遣い貰《もら》ってるし。弁償出来るだろう。

……あれ？　私、今月いくらお小遣いが残っているっけ？

チルトン領に里帰りをした際にお土産《みやげ》をいろいろ買っちゃったし、王都に帰ってからも魔術書を大量に買っちゃったから、えーっと……。あ、やばい。

……うん！　ギルにお小遣いを前借りすれば大丈夫っ！　私の旦那様、太っ腹だから！

ギルにお小遣いの前借りを頼むことに決めた私は、両手を前にかざし、魔術式を展開しようとして——……。

「はわわわわ⁉　そこの侍女、ロストロイ夫人に何をしているのっ⁉」

廊下側から、どこかで聞いたような気がする少年の声がした。

▽

ロストロイ夫人が侍女と共に退室した後、クラウスはアドリアン大祭司より指示を与えられた。

すなわち、「ロストロイ夫人のあとを追いかけて、籠絡してこい」である。

トルスマン皇国の未来がかかった、大切な任務だ。

クラウスの覚悟はすでに出来ていた。

「ひゃいっ！」と舌《した》を噛《か》みつつ答えると、クラウスは慌てて部屋を退室した。

扉を閉める前にクリュスタルムが〈やはりこの肖像画はチェンジじゃ！〉と言い、アウリュムが〈我が妹の望むとおりにしろ〉と祭司に指示を出しているのが聞こえた。

（えーっと、ロストロイ夫人はお手洗いの方角に向かったんだよね……）

まずは夫人に挨拶をして、共通の話題であるクリュスタルムのことを話して、それから中庭に出て一緒に散歩などが出来れば完璧なのだが。

相手は警戒心の強い貴族女性だから、身内以外の男性とはそんなに簡単に親しげな行動はしないだろう。しかもロストロイ夫人は十六歳とはいえ、既婚者《きこんしゃ》だ。

そしてクラウスには、女性の警戒心を乗り越えられるだけの話術もない。あるのは『天使のようだ』と主に年上の女性から可愛がられる、甘い美貌《びぼう》だけだ。

この顔だけでロストロイ夫人の警戒心がほぐれればいいのだが……。

（まぁ、そんなにうまくはいかないよね。今日はまず、ロストロイ夫人に俺の顔と名前を覚えてもらうこと。それを目標にしよう！）

とりあえず小さな目標を立てたクラウスは、廊下をどんどん進んで行った。

「貴女なんてロストロイ様に相応しくないわ！　たとえロストロイ様ご本人が貴女を認め、世界中が貴女を祝福しようとも、この世界であたしだけは、貴女がロストロイ様の結婚相手であることを絶対に受け入れないんだからぁぁぁ!!」

そんな女性の激しい主張が、突然クラウスの耳に飛び込んできた。

慌てて声の聞こえる場所まで駆けていくと、ロストロイ夫人をお手洗いまで案内しているはずの侍女が、空き部屋の扉の前に立っていた。

大人しい雰囲気《ふんいき》だったはずの侍女は、化物のような形相《ぎょうそう》をして、部屋の鍵と思われるものを振り回しながら叫んでいる。

侍女の主張は聞くに堪えないような身勝手なもので、クラウスはとても驚いた。

(つまりあの侍女は、ロストロイ夫人を逆恨みして、彼女をあの部屋へ閉じ込めたってこと⁉　ええっ⁉　なんてひどいことをするんだろう⁉)

愛のない結婚を強いられ、伯爵からは妻として扱われていないあの十六歳の少女に、逆恨みでそんなことをするなんて……。

クラウスの勘違いによる同情はさらに深まっていった。

意を決し、クラウスは侍女の前へと飛び出した。

「はわわわわ⁉　そこの侍女、ロストロイ夫人に何をしているのっ⁉」

侍女は驚いたようにクラウスを見つめる。

「君は平民でしょう⁉　ロストロイ夫人にこんなことをしたら、ただでは済まないんだよ⁉」

「それは百も承知なの‼　あたしの残りの人生をすべて棒に振って、ジャガイモ畑に日々を費やして毎日三食ふかしイモでもいいから、あの女に嫌《いや》がらせをしてやりたいの‼　ぎゃふんと言わせないと気が済まないの‼　勝ち組ムカツク‼」

「はわわわわ⁉　何言ってるの、君⁉」

クラウスは侍女の言葉にただ困惑《こんわく》するだけである。

彼は実にまっとうな感性を持つ祭司なので、嫌がらせのためならどこまでも破滅出来る侍女の気持ちが、まったく分からなかった。

「個人的にサラちゃんって面白い子だなぁって思うけれど、ごめんね。私、お手洗いに行きたいから、大人しく監禁《かんきん》されていられないんだ」

扉の向こうから、閉じ込められているロストロイ夫人の声がした。

「ちょっと危ないから、扉の前から離れてね～」

閉じ込められた貴婦人とは思えないような、とても呑気《のんき》な声が聞こえてきたかと思うと――……。

ドッカーン!!!!　という激しい音とともに、王城の重厚な扉が無残な木片となって吹っ飛んだ。

黒煙が廊下に流れ込み、途端に視界が悪くなる。

「うひゃあああ!?　何!?　なんで爆発したの!?」

爆破に驚いて逃げ惑うクラウスの頭に、扉の破片がガンッとぶつかった。クラウスは気絶した。

▽

扉を爆破して廊下に出ると、木っ端《こっぱ》の中から這い出そうと藻掻《もが》いている侍女サラちゃんの姿が見えた。

そしてもう一人。トルスマン皇国の祭司服に包まれた足が、上半分になった扉の下から突き出ていた。

やばい、祭司まで巻き込んでしまったようだ。

「大丈夫ですかー⁉」

私は急いで扉の残骸をどかし、祭司の様子を確認する。

プラチナブロンドのキラキラふわふわの髪、天の使いのように整った顔、小柄な体軀《たいく》。

この人は確かアウリュムの世話係で、クリュスタルムもお気に入り判定を出した少年だ。

美少年好きの人から偏愛《へんあい》されそうな見た目が埃《ほこり》と煤《すす》で汚れてしまい、額《ひたい》には大きなタンコブが出来ていた。

……大丈夫かなぁ。頭を打つのって、どう考えてもやばいよね？

少年祭司の頭を揺らさないように様子を確認していると、彼の口から「うぅ……」と唸《うな》り声がした。

良かった。まだ意識はある。

少年祭司を医務室まで運んでやらなくては、と考えていると。

木っ端の中からついにサラちゃんが出てきた。

あれ？　さっきまでは可愛い三つ編みだったのに、ショートカットになっている。毛先には燃えた跡があった。爆破の影響で三つ編みが吹っ飛ばされてしまったらしい。

サラちゃんは大きな声をあげた。

「キィィィ！　あたしの自慢の三つ編みがやられたわ！」

「ごめんね。でも、ショートもさっぱりして素敵だと思う。似合うよ」

「あたしは三つ編みが大好きなのよ！」

サラちゃんは短くなった髪をバッサバサと掻き回し、燃えカスを落とした。そして私に向き直る。

「覚えていなさい、この爆発女！　北の大地で貴女を呪い続けてやるから！　一生妬んで羨んで逆恨みし続けるからね!!」

「うん、わかった。新天地では他人が羨ましくても八つ当たりしないように、頑張ってね」

正論も説教も同情さえも求めていなさそうなサラちゃんに、私から言えることなど新生活のエールくらいだろう。

あと私、恋敵に『好きな人を奪われた！』って僻《ひが》まれても、ダメージをまったく受けないタイプだしな。

「貴女から応援されても、ちっとも嬉《うれ》しくないのよ！　あたしだけは絶対に、貴女がロストロイ様の妻だなんて認めないいんだからぁぁぁ……!!」

サラちゃんはそう叫びながら、扉の破片を乗り越えて走り去っていった。どうぞお達者《たっしゃ》で。

「さて、この少年祭司を医務室まで運ばないと」

するとちょうど、爆破音を聞いてやって来たらしい衛兵の姿が見えてきた。

まぁ、爆破音で衛兵が駆けつけない方が問題だもんな。

……扉を爆破したこと、あんまり怒られないといいんだけれど。

衛兵が「うら若き女性に男性を運ばせるわけにはまいりません」と言うので、それもそうかと納得し、少年祭司を医務室へ運んでもらうことにする。

私も一応伯爵夫人だもんなぁ。あんまり誰彼構わず運ぶのは体裁が悪いから、お姫様抱っこするのはギルだけにしておこうっと。

あと、ついでにお手洗いの場所も衛兵に聞いておく。

お手洗いを済ませてから、医務室へ向かう。

ノックをすれば、すぐに医師の補佐をしている女性が出てきて、少年祭司のベッドまで案内してくれた。

少年祭司はベッドに横たわっていたが、すでに目を覚ましていた。

医者からすでにタンコブの手当てを受けており、額に包帯を巻いている。

「怪我《けが》の具合はどうですか？」

少年祭司にそう話し掛けると、彼はハッとしたように私を見上げた。アクアマリンのように透き通った水色の瞳がまるくなっている。

「はわわわ⁉　ロストロイ夫人、貴女こそお体の具合は大丈夫なんですか⁉　さっきの爆破に巻き込まれて……‼　あの爆破は室内からだったよね⁉　もしかして、あの侍女が貴女を監禁した挙句《あげく》、爆破物を仕掛けたのかな⁉　あの侍女は⁉　ちゃんと衛兵に捕まえてもらった？　あの侍女はしかるべき罰《ばつ》を受けなくちゃ……」

少年祭司はベッドから起き上がると、怒涛《どとう》の勢いで話し始めた。どうやら正義感の強い性格らしい。

「あの、説明するんで落ち着いてください。えーっと、お名前は何でしたっけ？」

「あ！　はわわわわ！　自己紹介もまだだったのに、ごめんなさい！　俺はクラウスと申します」

というわけで、クラウス君にざっくりと事の経緯を説明する。

あの爆破はサラちゃんではなく私の魔術だと言ったら、大層驚かれた。

「ロストロイ夫人は魔術をお使いになるんですね！　すごいなぁ！」

「まぁ、それほどでも」

爆破魔術オンリーですし。

「クラウス君を爆破に巻き込んでしまって、本当にすみませんでした。それで、痛いところとか、吐き気とかってありますか？」

「今のところは、額のタンコブが痛む程度で問題はないですよ。お医者さんからは、念のため医務室に一晩泊まるようにって言われちゃいましたけれど。被害者のロストロイ夫人が気に病むことは一つもないです」

クラウス君が見かけによらず石頭で、私はホッとした。

「それより、犯人の侍女はどうなったのですか？」

「彼女はすでに罪人として断髪《だんぱつ》され、北の大地で強制労働になりました」

「そっかぁ。それなら安心です」

私の適当な嘘《うそ》に、クラウス君はホッと息を吐く。

サラちゃんは罪人として捕まってはいないけれど、結果はあんまり変わらないだろう。裁判にかけても、強制労働行きだろうし。リドギア王国全体が人手不足なので、よほどの凶悪犯罪者でなければ労働力に回される。

クラウス君は話しているうちに段々と顔色が良くなってきた。

頭を打っているのでまだ気は抜けないけれど、これ以上私が傍《そば》にいても仕方がない。あとは医者に任せよう。

「じゃあまた明日、様子を見に来ますね。クラウス君、お大事に」

「はっ、はい。ロストロイ夫人もお気を付けて！」

医務室を退室し、クリュスタルムのいる部屋へ戻ろうとすると。

「オーレリア……！」

「え、ギル⁉ どうしたの？」

慌てた様子でこちらに向かって走ってくるギルと、廊下の途中でかち合った。

ギルは額に滲《にじ》んだ汗を拭《ぬぐ》いもせず、私の両肩《りょうかた》を掴《つか》んだり、腕や腹部や背中を触って確認してくる。

……なんだこれ？

「どうしたのって、……爆破で怪我をして、医務室に行ったのではないのですか⁉」

「へ？」

「貴女の焔玉《えんぎょく》のピアスには『居場所探知の魔術』が……、あっ‼」

どうやらピアスに仕掛けた『居場所探知の魔術』によって、私が医務室にいることに気が付き、何かあったのかと駆けつけてくれたらしい。

最初から私にバレバレのストーカー行為だったのだが、焦り過ぎて自ら暴露してしまったギルである。

銀縁眼鏡《ぎんぶちめがね》の奥の黒い瞳が、ものすごい勢いで右に左にと泳いでいた。

「あの、その、えっと……」

「あのね、ギル。師匠《ししょう》が弟子《でし》の魔術式の痕跡《こんせき》を見落とすわけがないでしょ？」

「つまりオーレリアは……」

「最初から知っていたよ。知っていて、ギルの重い愛をぶら下げてるんだよ、ほら」

そう言って、私は耳元の真《ま》っ赤《か》なハートのピアスを見せる。

「私は女性にしては結構力持ちだから。ギルの体重や愛情くらいなら余裕で抱えられるから、安心して身を委ねていいよ」

「オ、オーレリア……！　嬉しいです！　ありがとうございますっ‼　貴女に引かれたらどうしようかと思っていたのですが……！」

「引いたところで追いかけてきそうな奴が、何を言っているんだ」

「それはそうなのですが。貴女に引かれたら、やはりショックを受けますし。あと、オーレリアが逃げたら捕まえるのは本気で大変そうですし」

ギルに話しておく。

「そっか」

まったく、可愛い旦那様なんだから。

クリュスタルムのいる部屋へ戻る道すがらに、医務室へ行くことになった経緯を

ギルは「では、北の大地へ向かった元侍女に、扉の修理費を請求しておきましょう」と言って、真っ黒な微笑《ほほえ》みを浮かべた。

良かった〜。お小遣いの前借りをせずに済みそうだ。

爆破に巻き込んでしまったクラウス君については、「帰りに見舞いの品を選びに行きましょうか」と言ってくれた。

「ありがとう、ギル！　持つべきものは、爆破魔術に寛容《かんよう》な旦那様だね！」

「その点に関しては、この世の誰にも引けを取らないと自負《じふ》しております」

ギルは銀縁眼鏡の縁《ふち》をクイッと上げて、嬉しそうに答えた。

第三章 ◆ クラウス

「う〜む……。ギルへのプレゼントは何にしようか？」

私はそう言いながら、ギルが入浴をしている隙《すき》を狙って彼の執務室《しつむしつ》に来ていた。

すでにサプライズパーティーに必要な準備はほとんど終わっていた。

料理長とも試食会を行って、当日のメニューを決定したし。シャンパンタワーに使う大量のグラスなども発注済みだ。一《ひと》ツ目《め》羆《ひぐま》用のパーティーハットも制作して、私のクローゼットの奥に隠してある。

チルトン侯爵家《こうしゃくけ》からは『もちろん、家族みんなで参加します！』と、十一歳の弟アシルから、可愛《かわい》らしい文字で書かれた返事を貰《もら》った。手紙の最後にお父様の直筆《じきひつ》サインもあったので、必ず出席してくれるだろう。

あとはギルへの誕生日プレゼントを用意するだけである。

「旦那様《だんなさま》ならば、奥様《おくさま》から贈られるものは何でもお喜びになると思いますよ」

〈そうなのじゃ　ギルはオーレリアからならば路傍《ろぼう》の石を貰っても感激するはずじゃ！〉

執事《しつじ》のジョージとクリュスタルムはそう言ってくれるが、そんなことは私も百も承知である。

たぶんそこら辺に生えている花を千切《ちぎ》って持って行っても、ギルは大喜びするだろう。セミの抜け殻とか、面白い形の石とかでも、後生大事《ごしょう》にしてくれるだろう。このあいだケーキを半分分けてあげたら、「今日は僕と妻のケーキ記念日」などとポエムを作り始めたくらい、何でも感激してくれる。

だからこそ問題なのである。

どんなものを貰っても『私がプレゼントしてくれたから』という理由だけで一生大事にしてしまう夫《おっと》に、逆に変なものはプレゼント出来ない。

「魔術伯爵《まじゅつはくしゃく》が持っていても恥ずかしくないグレードで、ギルが愛《め》でまくっても壊れない耐久性があって、あと、ギルにとってちゃんと必要なものを贈ってあげたいなぁ」

私はそんなことを言いながら、執務机の引き出しやチェストの中をチェックして、ギルに必要そうなものを探してみる。

だが、なかなかコレというものが見つからない。

「プレゼント選びって結構難しいなぁ～」

バーベナの頃はギルの誕生日になにをプレゼントしたっけ？　と思いつつ、壁際にある祭壇《さいだん》を眺《なが》める。

前世《ぜんせ》の私の死を引きずっていたギルが作った暗黒祭壇には、バーベナの大きな肖像画《しょうぞうが》があり、数本の酒瓶《さかびん》が未開封《みかいふう》で並んでいた。嫁に来たばかりの頃はもっと大量の酒瓶が並んでいたが、私がだいたい飲んじゃった。美味《おい》しかった。

「あれ？」

今までは大量の酒瓶に隠れていて気付かなかったが、祭壇の傍《そば》に黒い小箱が一つ置かれていた。

私は小箱を手に取り、パカッと開けた。

「あ、万年筆《まんねんひつ》……」

小箱の中に入っていたものは古い万年筆だった。

軸《じく》の塗装《とそう》が剝《は》げて、傷だらけだ。キャップを外すと、ペン先がひしゃげている。

私が万年筆を眺めていると、ジョージが近寄ってきて「ああ、それは旦那様の」と話し始めた。

「旦那様はご自分のお誕生日になると、バーベナ元魔術師団長の肖像画の前でお酒をお飲みになりながら、その万年筆をよく眺めておられましたよ」

「そういえば前にそんなことを言っていたっけ……」

この万年筆は、前世の私がギルの誕生日にあげたものだ。

戦時中だったのでプレゼントを買いに行く暇《ひま》もなく、物資も少なかったので、たまたま愛用していた万年筆をギルに譲り渡したのだ。

『十四歳のお誕生日おめでとう、ギル!』

私がそう言うと、ギルはびっくりしたように銀縁眼鏡《ぎんぶちめがね》の奥の瞳《ひとみ》をまるくした。

そして、リボンを巻いただけの使い古しの万年筆を見て、消えそうな声でこう言った。

『……だれかに自分の誕生日を祝ってもらうのは、初めてです』

ギルは男爵家《だんしゃくけ》の愛人の子として生まれ、実の両親にも義家族にも愛情をかけてもらえずにいたと聞いている。誕生日ですら、「おめでとう」の一言も貰えなかったのかもしれない。

『生まれてきてくれてありがとう、ギル』

私はギルの柔らかな黒髪を撫でた。

『こんなに可愛くて頭の良い弟子が出来て、私は幸せ者だよ』

『……あ、ありが、……っ』

ギルの声は掠《かす》れ、それ以上は言葉にならなかった。彼はただ下を向き、肩を震わせている。

『戦争が終わったら、もっと良い誕生日プレゼントを贈ってあげるね。なにせ私、師匠《ししょう》だから』

私の約束に、ギルは「はい」とも「いいえ」とも取れるような首の振り方をした。

――そんな約束をしていたことを、今さら思い出してしまう。

今は師匠ではなく嫁の立場だが、あの日の約束を反故《ほご》にするわけにはいかないよねぇ。

私はもう一度、ボロボロの万年筆を観察する。

万年筆は長く使うことを想定されているが、それでも十年、二十年と使っていけば、不具合や故障も出てくる。ペン先の書き味が悪くなれば職人に頼んで調整してもらったり、修理してもらったり、それでも駄目《だめ》なら部品ごと交換して、長く愛用していく。

ギルがそのことを知らなかったはずがない。

この万年筆が使えない状態なのは、きっと、ギルが手を加えることを拒んだのだ。

ペン先も軸も、バーベナがくれた時の万年筆のまま、手元に置いておきたかったのだろう。

「これは責任が重大だなぁ」

私は改めてギルの誕生日パーティーの成功に向けて闘志を燃やした。

▽

翌日、クリュスタルムを連れて登城すれば、いつもの部屋にクラウス君がいた。

他の祭司《さいし》にまぎれながら、アウリュムのお世話をしている。

「おはよう、クラウス君」

「はわわ！　ロ、ロストロイ夫人、おはようございます……！」

「タンコブの具合はどうですか？　他にも不調は出ませんでしたか？」

「あ、はい。タンコブはまだ痛いですけれど、他は元気いっぱいです！　お医者さんも問題はないよって言ってくれて、今朝早くに医務室から出られましたっ」

「そっかぁ。巻き込んじゃって本当にごめんなさい。他に不調がなくて良かった。あ、これ、お見舞いのお菓子です。皆さんでお早めにどうぞ」

昨日の帰りにギルと貴族街《きぞくがい》で購入した、プリンの詰め合わせである。ふつうのプリンと、キャラメルプリンと、イチゴプリンの三種類の味を選んだ。

試食したら美味しかったので、屋敷の使用人の分も購入した。ジョージはどうやら甘党だったらしく、すごく嬉《うれ》しそうにプリンを選んでいたし、侍女のミミリーも喜んでいた。

私はお酒のつまみは甘い物でも辛い物でも何でもいいただの呑み助なので、夕食の後にプリンを食べながら、シャンパンを一瓶空けた。

ギルは王道に紅茶を合わせていたな。

「はわわわわ！　ありがとうございます、ロストロイ夫人！　俺、甘い物大好きなんで、すごく嬉しいです！　わっ、わっ、この箱、すごく重いですね⁉　祭司の皆さんと分けて食べますね！」

瓶入りのプリンが三十個入った木箱だから、クラウス君のような小柄《こがら》な少年には重かったかもしれない。私は片手で持てるけれど。

クラウス君は木箱を抱え、よろよろとした足取りで奥の部屋へと運んで行った。

▽

〈今日の巫女姫《みこひめ》選定はここまでじゃ！　妾《わらわ》は気分転換に城下へ散歩に行くのじゃ！〉

トルスマン皇国《こうこく》から送られてくる肖像画の数が、今ではかなり減っていた。

それをいいことに、クリュスタルムが作戦に動いた。

『ギルが魔術師団で拘束されているあいだに街へ下りて、ギルの誕生日プレゼントを秘密裏に買ってこよう大作戦』である。

ギルの誕生日プレゼントの目星はすでに付けているので、城下のいろんな店舗を見て購入する予定だ。

「え？　城下ですか、クリュスタルム様？」「しかし王城の外へ行かれるのは……」と祭司たちは難色を示したが、アウリュムの〈我が妹に従え〉という鶴《つる》の一声で静まった。

君のお兄ちゃんは本当に妹想いだね、クリュスタルム。

私はギルへの『クリュスタルムの付き添いで城下へ行く』という伝言を、サラちゃんの代わりに新しく配置された侍女に頼んだ。

ピアスを着けているので、どうせ居場所は把握されている。先回りして伝えておけば、ギルも追いかけてこないだろう。たぶん。


貴族向けの店舗が並んだその大通りには、本日も洒落《しゃれ》た格好《かっこう》の紳士《しんし》や淑女《しゅくじょ》、豪華《ごうか》な馬車が道を行き交っていた。

「とりあえず、あの青い屋根のお店と、そっちの風見鶏《かざみどり》があるお店。あと、もう少し歩いた先にあるお店にも行きたいんだけれど、いいかな？」

〈もちろんなのじゃ！　妾は寛大《かんだい》じゃからな　オーレリアの行きたい店にとことん付き合ってやるのじゃ〉

私の問いかけに真っ先に答えたのは、この場の主導権を握っているクリュスタルムである。

〈クリュスタルムとその恩人のためならば　このアウリュムに否はない〉

「お、俺も、アウリュム様とクリュスタルム様が問題ないのでしたら、それで……！」

〈うむ　良い心掛けなのじゃ　クラウスよ〉

アウリュムとクラウス君が承諾《しょうだく》した。

他にこの場にいるのは王城から派遣された護衛が二人で、彼らは私たちが危険な場所へ自ら行こうとしない限りは、行き先に口を出さない。正直、この護衛より私の爆破魔術の方が強いので、体裁を保つためだけに存在している感じだ。

ちなみに、アドリアン大祭司や他の祭司たちは、ガイルズ陛下《へいか》と会談中だ。トルスマン大神殿の人々が来訪したことを記念して、今度夜会を開催するらしい。

それはともかくとして、私はクリュスタルムたちと共に目的のお店へと向かった。

一店目、二店目、三店目……。ほしい商品が置いてありそうなお店を片《かた》っ端《ぱし》から覗《のぞ》き、ショーケースに並んでいる商品だけじゃなく、店員さんに頼んで奥の倉庫からも商品を持ってきてもらう。

だが、コレといったものは見つからなかった。

五店目を超えた辺りで、私の買い物に付き合っているクラウス君が可哀《かわい》そうになってきた。

アウリュムは最愛の妹が傍にいるだけで世界が楽園になるみたいだから、まだ罪悪感が薄いのだけれど。

「ごめんね、クラウス君。私の買い物に付き合わせちゃって」

「いいえっ！　興味深いものばっかりで、俺、すごく楽しかったですから……！」

クラウス君はアクアマリンの瞳をキラキラ輝かせながら、大通りを眺めた。

「トルスマン皇国には、こんなにたくさんの商品もお店もないし。通り過ぎる人たちも、とっても楽しそうで、活気《かっき》があって……。平和ってすごいなって、俺、感動ばかりしていましたから。ロストロイ夫人が謝ることなんて何もないです。むしろ、俺を連れて来てくれてありがとうございます！」

彼はそう言って、ふにゃりと笑った。

「うん。わかるよ。平和ってすごいことだよね」

私は自然とそう答えていた。

「先の戦争で国中がボロボロになって、人手も物資も何もかもが足りなくて。それでも上の世代の人たちが必死になって働いて、ここまでの平和を取り戻してくれたんだ」

それはギルであり、お父様やお母様、ガイルズ陛下、チルトン領の領民や、ジョージやミミリーもそうだ。国民が必死で働いて紡いできた時間が、今日の平和をもたらしてくれた。

戦時中も大変だったけれど、戦後だって大変だったのだ。

「……トルスマン皇国も、いつか平和になるといいな」

クラウス君はポツリとそう言った。

その日は結局、ギルの誕生日プレゼントにぴったりの品は見つからなかった。

明日は大通りだけじゃなく、裏通りにも足を運んでみよう。

▽

「え？　今日も城下へ観光に行かれるのですか、オーレリア？」

王城に向かう馬車の中でギルに本日の予定を伝えると、彼は途端《とたん》に肩を落とした。

「僕だってオーレリアと新婚休暇を十全《じゅうぜん》に楽しみたいというのに、なぜその災厄《さいやく》ばかりが良い思いをしているのですか……!?」

「クリュスタルムとはもうすぐお別れだし、王都での思い出を作っておくのもいいでしょ？」

〈そうじゃそうじゃ！　ギルのけちん坊め！　ケツの穴の小さい男よ！　狭量《きょうりょう》な奴じゃ！〉

あらかじめクリュスタルムと決めていた言い訳であったが、ブラック魔術師団でも最も過酷《かこく》な労働状況のギルに「城下で観光してくるね☆」は、なかなか酷だったかもしれない。ごめん。

「まぁまぁ、ギルとはまた今度遊べるって……」

ギルは子供のように、ふわふわのスカートに包まれた私の膝《ひざ》へと顔を突《つ》っ伏《ぷ》した。

「ペイジさんが戻ったら、僕は絶対に休暇を延長します……っ!!」

泣き叫ぶギルを慰《なぐさ》めながら、魔術師団の労働環境が早く改善されることを私は祈った。


「これだ!!」

貴族向けのお店が立ち並ぶ大通りから脇道《わきみち》に入ったところにある、こぢんまりとした雑貨屋さんで、私はようやくギルの誕生日プレゼントにぴったりの品を見つけた。

「おや、お目が高い。そちらは旧クァントレル領で製作された上物ですよ、奥様」

カウンターで私が望む商品を広げて見せてくれた店主が、私が選んだ品を見て感心したように頷《うなず》いた。

「旧クァントレル領？」

「かつては『工房の街』と名高い領地でした。そのため戦時中は武器生産の要となり、トルスマン皇国の標的の一つとなったのですよ。領地を治めていたクァントレル男爵家は、敵兵に街を占拠された時に殺害されました。現在は王家が管理しているはずです」

「お詳しいんですねぇ」

激戦区の一つか。バーベナが派遣された場所とは違うからよく知らなかったが、悲しい話だ。

「この店の商品は、私が実際に各地へ足を運んで買い付けてきたものばかりですからね。旧クァントレル領にも実際に訪れ、そちらの商品も買い付けてきました。工房で職人が一つ一つ丁寧《ていねい》に作っているところも見学してきましたよ」

「へぇ〜。なかなか楽しそうなお仕事ですね」

店主と雑談を交えつつ、私は旧クァントレル領で製作されたというその品を購入することにした。綺麗《きれい》な化粧箱《けしょうばこ》でラッピングしてもらい、箱をクリュスタルムを入れている斜めかけバッグにしまう。

無事に買い物を終えて店を出ると、なぜかクラウス君が真っ青《まさお》な顔色をしていた。

「どうしたの、クラウス君？　具合が悪い？」

「……あ、いえ、違うんです」

クラウス君は両手にアウリュムを大事そうに抱えたまま、首を横に振る。

「実は俺、戦争の話があんまり得意じゃなくて……」

「あぁ……」

旧クァントレル領の話のことだろう。戦争の話は確かに気持ちの良いものではない。

私はクラウス君から醸《かも》し出される暗い雰囲気《ふんいき》を吹き飛ばすために、ことさら明るい声を出した。

「買い物も無事に終わったし、気分転換にお茶でもしよっか。確か大通りの方にフルーツパーラーがあったよね。何でも頼んでいいよ、私が奢《おご》るから」

「えぇぇぇぇっ⁉　そんなっ、わざわざ俺なんかのために……っ⁉　俺はアウリュム様のただのおまけですから……‼」

「いいから、いいから！　私の買い物に付き合ってくれたお礼だと思ってー。私もちょうど小腹《こばら》が空いたし」

私はとりあえず、クラウス君の顔色がこれ以上悪くならないようにゆっくりとした歩調で気を付けながら、フルーツパーラーを目指すことにした。

▽

「今日中に確認しなければならない案件は、これですべて終わった……!!」

サインを書き終えた書類の束《たば》を前に、僕は安堵《あんど》の溜《た》め息《いき》を吐いた。

あとは誰かに頼んで、この書類を陛下の元まで運んでもらえばいい。

「というわけで、僕は王都観光に出ているオーレリアの元へ行く。あとは頼んだぞ、ブラッドリー!」

「待ってくださいッスよぉぉぉぉロストロイ団長ぉぉぉ!!!! 今日締め切りの書類が終わったんなら、まだ時間があるんスから、明日締め切りの書類に手を付けてくださいッスよぉぉぉ!!!!」

「そんなことをしていたら、いつまで経《た》ってもオーレリアと遊べないじゃないか!! 僕は新婚休暇中なんだぞっ!?」

「ヤダァァァ!!!! ロストロイ団長ったら、俺たち魔術師団と奥様、どっちが大事なんスかぁぁぁぁ!!!?」

「嫁にも尋ねられたことのない質問をなんで君にされなければならないんだ、ブラッドリー!?」

どうせなら僕の不在を寂《さび》しがったオーレリアから、『ちょっとギル! 私と仕事、どっちが大事なの!? プンプン!』って感じで言って欲しかった。

けれどオーレリアは僕の仕事に寛容《かんよう》だし、なんなら彼女の方が、僕と元魔術師団上層部の二択になったら物凄く悩むのだろう。……そんなことを考えていたら、悲しくなってきた。早くオーレリアに会いたい。

僕はしがみついてくる部下のブラッドリーを引きはがし、やっとの思いで魔術師団から退勤《たいきん》する。

オーレリアのピアスに仕掛けた『居場所探知の魔術』で彼女の現在地を確認してから、僕は馬車の御者《ぎょしゃ》に行き先を伝えた。

「……早くペイジさんの情報が入ればいいのだが。ペイジさんの直属の部下であるポイントル団員とも連絡が取れないとなると、嫌《いや》な予感しかしないな……」

二人の安否《あんぴ》はもちろん心配だが、情報も少ない中で闇雲《やみくも》に捜索に出られるほど魔術師団員の手が空いているわけではない。クリュスタルムの返還が無事に終わったら、僕が動くのが早いだろう。新婚休暇中で一番身軽な状況なのだから。

いつになったらオーレリアと二人っきりで新婚期間を満喫《まんきつ》出来るのかと考えたら、また溜め息が出てしまった。


「オーレリアの位置情報はこの辺りだな」

馬車から降り、僕は貴族向けの店が立ち並ぶ華《はな》やかな通りを歩く。

クリュスタルムが彼女にあまり迷惑《めいわく》を掛けていなければいいが、と思いながら先を進んで行くと、一軒のフルーツパーラーに辿り着いた。どうやらここにオーレリアがいるらしい。

二階建てのその建物を見上げると、二階のバルコニー席にオーレリアの姿が見えた。

僕は思わずオーレリアに声を掛けようと手を上げかけ、……途中でやめた。

オーレリアの向かいの席に、若い祭司の姿があった。

同じ年頃の少年たちより小柄な体軀《たいく》に、白色に近い金の髪、男にしては可愛らしすぎる容貌《ようぼう》の彼は、たしかアウリュムの世話係だったか。先日オーレリアが爆破魔術に巻き込んでしまった、哀れな被害者でもある。

その祭司とオーレリアは巨大なフルーツパフェを取り皿に分けて、二人で仲良く食べていた。そして『美味しいね』と言うように、ニコニコと笑い合っている。

……何なんだ、あの場に流れるデート感は。

テーブルの上にはクリュスタルムとアウリュムもいるらしく、

〈チルトン領でもハイカラな食べ物をたくさん見たが　このパフェというものもキレイじゃのぉ〉

〈我らは食事をする必要はないが　このぱふぇというものをクリュスタルムが気に入ったのなら部屋に飾ろうか〉

〈兄上　溶けると思うのじゃ〉

という声も聞こえてくる。

オーレリアと祭司が二人きりではないことは分かったが、それを差し引いても、恋人同士や夫婦《ふうふ》に見えた。――僕と一緒にいる時よりも、ずっと。

僕とオーレリアの歳の差は永遠に埋まることがない。

オーレリアの前世の頃は、僕の方が彼女よりもうんと年下だった。

端《はな》から彼女の恋愛対象ではなかった僕は、彼女の隣に立っていても違和感がなく、魔術師としての能力や地位や名誉、収入といった面で彼女を支えることが出来る大人の男性たちが、羨《うらや》ましくてたまらなかった。

特にバーベナと同期であったジェンキンズ先輩《せんぱい》は彼女を口説《くど》こうと一生懸命だったので、僕は弟子の立場を利用してかなり妨害させてもらった。

ただ今にして思うと、ジェンキンズ先輩はバーベナの地雷《じらい》を土足で踏み抜くタイプの人だったので、僕が邪魔《じゃま》をせずとも自滅したような気がするが。

『ねぇ君、いつまで魔術師団で頑張るつもりなの？　もう二十二歳でしょ？　そうやって仕事ばっかりだから、毎回彼氏に逃げられるんだよ。いい加減まともな男と結婚を考えたらどう？　例えば、その、わ、私……とか、……ごにょごにょ』

『水龍《すいりゅう》の姫様《ひめさま》～！　私より二歳年上のおひぃ先輩～！　ジェンキンズが働く二十代独身女子をボロクソに言ってくるのですがー!?』

『バーベナ、わたくしが許可いたしますの。ジェンキンズを徹底的にやっておしまい』

『了解でーす!!』

バーベナは決して鈍感《どんかん》すぎる人ではなかったが、ジェンキンズ先輩のアプローチがほぼ暴言《ぼうげん》だったために、彼の気持ちは微塵《みじん》も伝わっていなかった。

けれど、当時の僕はジェンキンズ先輩が羨ましかった。

そのまま魔術対決に突入するバーベナとジェンキンズ先輩は、実際の関係がどうであれ、夫婦や恋人同士の喧嘩《けんか》に見えた。

子供だった僕と大人の女性だったバーベナでは、他人からそんなふうに見られることは決してなかった。

そして今も結局、僕とオーレリアはかなり年齢が離れている。

僕たちが夫婦だと知らない相手から、『年の離れたご兄妹ですか?』やら、『姪《めい》っ子さんですか?』と尋ねられることも多い。

オーレリアがこの世に生まれ変わってくれたことだけで、十分嬉しくはあるのだが……。

「このメロン、ちょっと齧《かじ》るだけで果汁《かじゅう》が溢《あふ》れて、もはやジュースみたいだよ! このパフェ、美味しすぎるね、クラウス君!」

「はい、ロストロイ夫人! こっちのイチゴも凄いですよ! 甘くてほっぺたが落ちちゃいそうですっ!」

十六歳のオーレリアが、年齢の近い男と楽しげに過ごしているのを眺めるのは、なかなかつらいものがあった。

別に彼女が浮気《うわき》をしているだとか、あの祭司に惹《ひ》かれているのでは、と疑うつもりはない。

だってそれは、オーレリアの愛を信じられないと言っていることと同じになってしまう。そんな失礼なことはしたくない。

それにオーレリアは、見た目通り十六歳の精神を持っているわけではないのだ。彼女にとってあの祭司など、小さな子供に過ぎないだろう。

ただ、それはそれとして、……あの祭司が羨ましい……っ!!

オーレリアと並んでいても全然違和感がない年齢だなんて……!!

そもそもオーレリアは、結婚適齢期に入ったばかりの侯爵令嬢だったのだ。お義父様《とうさま》が彼女の強力過ぎる爆破魔術を心配したから、魔術師団長である僕に縁談《えんだん》を持ってきてくださっただけで、本来ならオーレリアは同年代の貴族令息《れいそく》の元へ嫁《とつ》ぐ身だったのだ。

年齢に関しては本当にどうしようもないことだ。だけれど、自分の努力の及《およ》ばないことだからこそ、嫉妬《しっと》してしまう。

「……とりあえず、あの場を邪魔しに行くか」

オーレリアがあの祭司に惹かれることはないと信じているが、逆は分からない。祭司といえど、中身は十代の男なのだから。

オーレリアは器が大きく、優しい人だ。そして見目《みめ》も麗《うるわ》しい。

そんな彼女と少し接すれば、あの若い祭司もオーレリアの魅力に抗《あらが》えずコロッと惚《ほ》れてしまうかもしれない。

害虫は現れる前が肝心《かんじん》だ。防虫対策をしておくに限る。オーレリアには僕という夫がいることを、しっかりと教えておこうではないか。

僕はようやくフルーツパーラーの入り口へと向かった。

▽

「失礼します、お二人とも。僕も相席《あいせき》してもよろしいでしょうか？」

ロストロイ夫人が案内してくれたフルーツパーラーで、クラウスはジャンボパフェに舌鼓《したつづみ》を打っていた。

メニュー表を開いた夫人が「この『旬《しゅん》のフルーツをたっぷり使ったジャンボパフェ』がすごく気になるんだけれど。クラウス君、一緒に挑戦してみない？」と言ってきた時はとても驚き、実際にテーブルに運ばれてくると食べ切れるかどうか尻込《しりご》みもしたが。実際に食べてみるとフルーツが新鮮で甘くて美味しかった。スプーンを動かす手が止まらなくなったほどだ。

クラウスは先ほどまで落ち込んでいた気持ちもすっかり良くなり、「はわぁ〜、美味しい〜」と、気の抜けた表情でパフェを食べ進めていた。

そこに突然、ロストロイ魔術伯爵が現れたのである。

（はわわわわわ……っ⁉　いったい、どういうこと⁉　ロストロイ魔術伯爵様は、魔術師団の方でお仕事じゃなかったの⁉）

とにかく挨拶をしなければと、クラウスは慌《あわ》てて椅子から立ち上がった。

その際にうっかり、バナナをすくったままのスプーンを持っていたせいで、床《ゆか》にバナナがべちゃりと落ちてしまった。

「うひゃぁぁぁ⁉　すみませんっすみませんっ‼　俺って本当に至らなくて……‼　せっかくの美味しいパフェを、ごめんなさいぃぃぃぃっ‼」

「落ち着いて、クラウス君」

オーレリアはそう言って、給仕《きゅうじ》を呼んですぐに床を綺麗にしてもらった。

そのあいだに別の給仕が新しい椅子を用意し、ロストロイ魔術伯爵が腰掛ける。

「どうぞお座りください、トルスマン皇国の若き祭司様」

「あっ、しゅ、しゅみましぇ……っ‼　あわあわわ……っ」

クラウスはロストロイ魔術伯爵に、最初の面会ですでに挨拶をしている。

だが、こうして改めて会ってみると、前回よりも威圧《いあつ》感があった。それは極寒《ごっかん》の北国に聳《そび》え立つ真っ白な山脈から吹き降ろされてくる猛吹雪《もうふぶき》を連想させるほどであった。

ギル・ロストロイは、十七歳のクラウスとは比べ物にならないほど背が高かった。

魔術師団のローブを羽織《はお》っているので体格はハッキリとは分からないが、ただ椅子に座っているだけなのに目を奪われるほど姿勢が良い。きっと日常的に体を動かしているのだろう。

眼鏡の奥の黒い瞳からは、クラウスにはない叡智《えいち》を感じさせた。整った顔立ちからは怜悧《れいり》な雰囲気が漂い、神秘的な黒髪がさらにその印象を強めている。

ハッキリと言えば、ロストロイ魔術伯爵はクラウスとは真逆《まぎゃく》のタイプの男性だった。

（ロストロイ魔術伯爵様って、すごく大人の男性って感じがする……）

冷たい表情でこちらをじっと見つめられると、クラウスは縮み上がってしまいそうだった。

「先日は僕の妻がたいへん失礼いたしました。その後、怪我《けが》の具合はいかがでしょうか？」

ロストロイ魔術伯爵は両手の指を組み、クラウスに問いかけた。

「ひゃいっ！　だっ、大丈夫です……！」

「そうですか。それは良かったです」

クラウスを気遣う言葉のはずなのに、なぜか圧迫面接を受けている気分になる。

しかも、先ほどまで目の前のパフェに夢中だったはずのロストロイ夫人が、給仕に新しい取り皿を頼み、夫の分のパフェを取り分け始めた。特に美味しそうなフルーツを選んでいる。

（取り分けるのも給仕に頼めばいいのに、ご自分が食べることを中断してまで、夫の分を用意してあげるだなんて……。しかも、一番美味しい部分をあげようとするなんて……。普通の夫婦なら愛情あふれる行為だけれど、冷え切ったお二人の関係を考えれば、まったく別の意味に変わっちゃう。きっとロストロイ魔術伯爵様が物凄く亭主関白《ていしゅかんぱく》なんだ……！）

目の曇《くも》っているクラウスは、すべてを悪い意味に捉えた。

「クラウス祭司は確か十七歳でしたね。その若さで祭司に抜擢《ばってき》されるなど、よほど才覚《さいかく》があるのでしょう」

「あ、いえ、俺は、そのぉ……」

「それほどの肩書なら、女性からの人気も高いのでは？　縁談話などひっきりなしでしょう。クラウス祭司には、どなたか良いお相手はいらっしゃらないのですか？」

「ぜっ、全然っ、そんな相手はいなくて、ですね……！」

「では、どのような女性が好みでしょうか？　僕でよろしければ、クラウス祭司に相応《ふさわ》しいご令嬢《れいじょう》をご紹介させていただきますが？」

「いえっ、そんなっ、ロストロイ魔術伯爵様にそんなことをしていただかなくても、大丈夫なので……！」

「せめて好みの女性のタイプを教えていただいても？　物静かで人見知りの激しい女性など、クラウス祭司にお似合いではありませんか？」

「えっと、俺は……。明るくて優しくて、いつも笑顔でニコニコしている、包容力《ほうようりょく》のある年上の女性が好みかなって……」

「は？」

「ヒィィイ⁉　すみませんすみませんっ、何かよく分からないけれど本当にごめんなさい……‼」

質問が進むたびに、なぜかロストロイ魔術伯爵から放たれる冷気が増していく。

クラウスは生きた心地がしなかった。

なにせ彼は『トルスマン皇国のためにロストロイ夫人を籠絡《ろうらく》して、巫女姫として国に連れて帰る』という密命《みつめい》を抱えている。

その上で女性関係について根掘り葉掘り聞かれると、もしやロストロイ魔術伯爵に密命がバレたのではないかと冷や冷やした。

（……あれ？　ロストロイ夫人、どうされたんだろう？）

クラウスが再びロストロイ夫人に視線を向けると、彼女はなぜか挙動不審《きょどうふしん》だった。

夫の様子を見つつ、クリュスタルムを入れるための斜めかけバッグを何度も目で確認している。

（クリュスタルム様は今はテーブルの上にいらっしゃるから、あのバッグの中に入っているのは、さっきのお店で購入された物だけだと思うけれど……）

クラウスはハッとした。

（もしかしてロストロイ夫人は、自由にお買い物をすることを許されていない、とか……⁉）

彼女が購入した品物は、祭司として慎《つつ》ましく暮らしているクラウスには確かに高額ではあったが、貴族にとっては散財《さんざい》というほどの値段ではないと思う。

それでも買い物に逐一《ちくいち》夫に許可を貰わないといけないのだとしたら、それは経済的ＤＶではないだろうか？

（なんて可哀そうなご夫人なんだろう⁉）

ロストロイ夫人は自分の買い物が夫にバレないよう、バッグを椅子の陰に隠した。そして残りのパフェを一生懸命に口へと運んでいる。早く屋敷に帰宅して購入した品物を隠したいという彼女の気持ちが、クラウスにも痛いほど伝わってきた。

「ロッ、ロストロイ魔術伯爵様……！」

まだまだ女性関係の質問を続けようとするロストロイ魔術伯爵の質問を遮るのは、とても恐ろしかった。

だがクラウスは勇気を振り絞って声を掛けた。

「このお店のパフェはすごく美味しいので、生クリームやアイスが溶けちゃう前に食べたほうがいいと思います……っ！」

ロストロイ魔術伯爵はようやく目の前に取り分けられた自分のパフェと、すでにパフェを食べ終わりつつあるロストロイ夫人の様子を見て、「ああ、そうですね」と頷いた。

それからどうにか全員がパフェを食べ終わり、フルーツパーラーの前で別れることになった。

クラウスとアウリュムと護衛は王城へ、そしてロストロイ夫妻とクリュスタルムは貴族街の屋敷へと。

ずっと夫の目からバッグを隠そうとしているロストロイ夫人を見て、クラウスは思った。

（あんなに明るいロストロイ夫人でも、ロストロイ魔術伯爵様のことが怖いんだね。可哀そうに。俺が彼女を助けてあげないと……！）

こうしてクラウスの勘違いは深まっていった。

▽

まさかギルが急に、クリュスタルムたちとのお出掛けに乗り込んでくるとは思わなかったから、すっごく焦ってしまった。名目は王都観光だけれど、実際はギルの誕生日プレゼント探しだし。

けれどギルにはまだ誕生日プレゼントの存在はバレていないようだ。

馬車の座席の陰にバッグを隠しながら座っていると、「オーレリア」と夫から名前を呼ばれた。

「……なに？　どうかした？」

「今日はあの祭司とどこへ行かれたのです？」

「えっと……」

おや？　これはもしや誕生日プレゼントに気付いていて、探りを入れているパターンだろうか？

私は警戒しつつも答えた。

「貴族向けのお店をフラフラ見ていただけだよ」

〈そうじゃぞギル　妾たちはウィンドウショッピングなるものをしておっただけじゃ！〉

共犯者であるクリュスタルムも、すかさずフォローを入れてくれる。

しかしギルは追撃の手をまったく緩めなかった。

「では、立ち寄った店の名前を教えていただいてもよろしいですか？」

「いやぁ、それは……、さすがに覚えていないかなぁ～？」

「ならば、通りのどこの店だったのか、ざっくりとでいいので教えてください。僕があとで突き止めておきますので。こんなことなら貴女《あなた》のピアスに『居場所探知の魔術』だけでなく、『記録魔術』も組み込んでおけば良かったですね。しかし高度な魔術式の二重掛けは、さすがにピアスが壊れてしまうか……。魔道具として材料から魔術式を組み込めば、ギリギリいけるか……？」

「これ以上ヤバいブツを身に着ける気はないからね、ギルよ」

夫のストーカーレベルが上がってしまう前に話を変える。

「大体なんでそんなに、私が行ったお店を調べようとしているの？」

「……貴女があの若い祭司と出掛けた場所なら、夫である僕とも一緒に出掛けて、思い出を上書きしていただこうと思ったのです」

「はい？」

もしやギルは、クラウス君に嫉妬しているのだろうか？

「私とクラウス君のあいだには、ギルが嫉妬するようなものは何もないからね？　クラウス君はアウリュムの付き添いをしていただけだからね？」

「オーレリアが浮気をするとは思っていません。ですが、あの祭司がオーレリアに好意を寄せる可能性は高いと思います」

「えぇ～？　クラウス君が？　ないと思うけれどなぁ」

前世では仕事を理由に彼氏と別れてばかりだった私だが、別れてばかりということはつまり、付き合う前の予兆《よちょう》も何度も経験しているということである。

相手から恋愛対象として興味を持たれている時のあの独特の甘酸っぱい空気が、クラウス君からはまるで感じなかった。

「いいえ、分かりませんよ。あの祭司、好みの女性について『明るくて優しくて、いつも笑顔でニコニコしている、包容力のある年上の女性』って答えましたから……！　完全にオーレリアのことです!!」

「ギル、よく考えるんだ。私は十六歳で、クラウス君は十七歳だぞ。年下だ」

かつて女嫌い設定で縁談を断りまくっていたギルが、クラウス君に女性関係の質問ばかりしていて、何か変だなとは思っていた。

プレゼントが見つからないようにするのに必死で、その時は突っ込めなかったのだけれど。

「精神年齢ならば断然年上じゃないですか……!! というかいっそ、それくらい貴女とあの祭司の年齢が離れていたらまだ良かったんですよ!! 恋人同士には見えないので!!」

「あー。根本的にはそっちがギルの嫉妬かぁ」

クラウス君と私の年齢が近い分、ギルの目にはお似合いの恋人同士にでも見えたのだろう。

私とギルは年齢がずいぶん離れており、一目見ただけでは夫婦だとは分からない。

他人からどう見えるかなんて気にしなければいいじゃん、とは思うのだが。ギルはどうしても気にしてしまうのだろう。可愛い夫だ。

「私の愛《いと》しい夫はギルだけだよ」

年齢差なんて解決不可能な問題は、特大の愛情でうやむやにするに限る。

私は隣に座っているギルの膝上に乗り上げ、ドンッと彼の後ろの背凭《せもた》れに右手をついた。

ギルの黒い瞳が眼鏡の奥で見開き、これから始まるキスへの予感に頰《ほお》を赤く染め始める。

「いい子だから、今くらいは歳の差なんて忘れなよ」

「オ、オーレリア……!」

鼻先を触れ合わせた距離で呟《つぶや》けば、ギルの頭からはすでに年齢差問題に関するモヤモヤは吹っ飛んだようだ。夫が色仕掛けに弱くて良かった。

左手をギルの顎《あご》に添《そ》えてキスを始めると、ギルもゆっくりとした動きで私の腰《こし》に両手を回した。

〈なぜ急にイチャイチャし始めたのじゃ⁉　妾の前で破廉恥《はれんち》なことはやめるのじゃぁぁぁっ‼‼〉

案の定、傍からクリュスタルムが怒鳴《どな》り始めたが。

ギルの頭からクラウス君への嫉妬が完全に消えるまでは、待ってほしい。

▽

〈あそこの噴水《ふんすい》から虹《にじ》が出ておるのじゃ！　妾はもっと近くで虹を見たいのじゃ！〉

〈虹が反射する我が妹もさぞかし美しいであろう〉

ギルの誕生日プレゼントも購入したので、王都観光という名目のお出掛けは終了した。

そして、クリュスタルムが巫女姫候補者をどんどん落としていったせいで、トルスマン皇国から新たな候補者の肖像画が送られてくるまでは完全に暇になってしまった。

そこで私とクリュスタルムとアウリュム、お世話係のクラウス君で、王城の中庭へとやって来た。

クリュスタルムの日光浴である。

このあいだギルがクラウス君に嫉妬したばかりだけれど、キスでうやむやにしたから当分は大丈夫だろう。

中庭には他の人の姿もチラホラ見えるし、衛兵も巡回している。そのおかげでデートっぽい雰囲気にもならない。

石造りの巨大な噴水をクリュスタルムが見たがったため、そちらに向かう。

噴水の周囲には、王城の庭師が丹精《たんせい》込めて作った美しい花壇があった。ちょうど夏の花と秋の初めに咲く花が交じり合って咲いている。まだ暑い日の方が多いが、季節は着実に移り変わっているらしい。

〈オーレリア！　妾を虹の側まで持ち上げてくれなのじゃ！〉

「はいはい」

虹をもっと近くで見たいというクリュスタルムのリクエストに応えて、上から滝のように流れてくる水に水晶玉《すいしょうだま》を近づけた。

するとタイミングの悪いことに噴水の威力が強まって、クリュスタルムがびしゃびしゃに濡《ぬ》れた。

〈あぼぼぼぼぉぉぉ!!　がばばばばぁぁぁ!!〉

「え？　もしかしてクリュスタルム、溺《おぼ》れてる？」

まるで水を無理やり飲まされたかのような悲鳴をあげるクリュスタルムに、首を傾げてしまう。

えー？　どこから水を飲んでるんだ？　君は水晶玉だろ？

クリュスタルムを水の中から取り出すと、すぐさま怒られた。

〈オーレリア!!　妾を水に濡らすでない！　大変な目に遭《あ》ったではないか！〉

「ごめんごめん。よく分かんないけれど、本当にごめん」

原理は分からないけれど、クリュスタルムを水につけると駄目な感じなんだな、うん。

「ロストロイ夫人、クリュスタルム様をこちらのタオルに置いてください！　俺が拭きますから！」

「ありがとう、クラウス君」

アウリュムの世話をしていたクラウス君が、さっとタオルを用意してクリュスタルムを拭いてくれた。

〈さすがは兄上の側仕《そばづか》えなのじゃ　宝玉の気持ちがよく分かっておる〉

「はわわわわっ、い、いえっ、そんな！　滅相《めっそう》もございませんっ！」

クラウス君はおどおどと答えながらも、手際良くクリュスタルムをアウリュムの上に設置し、噴水の飛沫《しぶき》が当たらない場所へと移動させた。

兄妹は虹を間近に見学出来て楽しそうである。

「クラウス君はアウリュムの世話係、長いの？」

「え、ええ、まぁ……」

噴水の側に設置されたベンチに私が腰掛けると、クラウス君もトテトテと近付いてきて、隣に座った。

こうして隣り合って座ると、クラウス君の小柄さがよく分かる。彼のプラチナブロンドの柔らかそうな髪が風にそよいで、いっそうふわふわして見えた。

「俺は五歳でトルスマン大神殿に入ったんですけれど、そのまますぐにアウリュム様にお声掛けを頂きまして。それからずっと、お側近くでお仕えさせていただいているんです」

「じゃあ、もう十年以上お役目についているんだね。どおりで手際が良いわけだ」

五歳で神殿入りするっていうのは、リドギア王国でいうと、教会付属の孤児院に入るみたいなものだろうか。普通なら親元にいるはずの年齢だし。

そんな私の考えを読んだように、クラウス君は眉を八の字にして微笑《ほほえ》んだ。

「お、俺、……戦争孤児なんです。父親が遠征部隊の一員だったそうで、戦地で亡くなりました。母親は赤ん坊の俺を育てるために無理して働いて、そのまま……。そういうわけで、ご近所の方が俺を大神殿へ連れて行ってくれたそうなんです。あんまり記憶にない頃の話なんですけれど……、あはは」

クラウス君はそう言って、肩をすくめて笑った。

ああ、それでこのあいだ、戦争の話が苦手だと言ったのか。私は納得した。

彼のような戦争孤児は、トルスマン皇国にもリドギア王国にも少なくない。

チルトン領にも出兵して父親が帰らなかった家庭はあったし、流れ着いてきた戦争孤児や、戦争によって家庭が崩壊してしまったという話もよく聞いた。

戦後十六年経っても、リドギア王国にもトルスマン皇国にも深い爪痕《つめあと》が残っている。土地にも、ひとの心にも、人生にも。

ほんと、戦争なんて嫌なものだ。

「だから俺、祭司として国や民の幸福を願い、戦争がない世界を作るためのお手伝いが出来たらいいなって、ずっと思っているんです。俺みたいな子供が増えないように」

クラウス君はいい子だなぁ。

戦争のない世界なんて理想論に過ぎないことを私は知っている。

ずっと続くと信じていた平和は本当はとても脆《もろ》いもので、ある日突然消え去ってしまう可能性があることを、私はずっと覚えている。

私はまた、どうしても戦争が回避出来ないという日が来てしまったら、私の愛する人たちがいるリドギア王国を守るために戦うだろう。爆破魔術で敵の頭を吹っ飛ばすだろう。

その時はギルも戦場に立つだろうし、お父様も大剣《たいけん》を振り翳《かざ》して敵を薙《な》ぎ払うのだろうな。

だからこそ、戦争を回避するための抑止力はいくつあってもいい。

あればあるだけいい。

トルスマン皇国は大神殿の力が強いというから、クラウス君のような祭司たちが平和を願い、戦争がない世界を作るために頑張ってくれたら、大きな抑止力になるんじゃないかな。

いざという時の諦《あきら》めはあるけれど、本当は戦争なんか、進んでしたくはないのだ。

「若いのに立派《りっぱ》な考えだねぇ」

「え？　えっと、ロストロイ夫人って、俺より年下だよね……？」

ついうっかり、年寄りくさい言葉を口にしてしまった。

「で、でもっ、ロストロイ夫人はなんだか落ち着いていて、大人っぽい雰囲気ですよね。だから俺が子供っぽく見えるのかも……」

「落ち着いた雰囲気だなんて、二回分の人生合わせて初めて言われたかもしれない」

「え？　二回って？」

「ありがとう、クラウス君」

「え、え、え⁉　どういたしまして……？」

「ていうか、ロストロイ夫人って呼びにくいでしょう。オーレリアでいいよ」

「あ、えっと、……じゃあ、これからはオーレリアさんって呼びますね！」

「うん」

そうやって長閑《のどか》にクラウス君と喋《しゃべ》っていたら、噴水の方で異変が起こった。

〈ぎゃあああああ‼　妾が再び攫《さら》われてしまうぅぅ‼　オーレリア！　妾を助けるのじゃぁぁぁ‼〉

〈ああ‼　我が妹の美しさに　またしても惑わされた下等生物が現れた‼〉

と、どこぞの兄妹が騒ぎ出したのである。

慌ててそちらを振り返れば、いつの間にか現れた大量のカラスに突きまわされているクリュスタルムの姿が見えた。

ピカピカ光ってるもんなぁ、君は。

「はわわわわっ⁉　カラスさんっ、クリュスタルム様とアウリュム様に酷いことをしちゃだめぇぇぇ‼‼」

クラウス君は慌てふためきながら、カラスの群れに突入して行った。

けれどクラウス君の髪もキラキラのプラチナブロンドなので、カラスの標的にされてしまった。

クラウス君が「いやぁぁぁ、カラスさん、やめてぇぇぇ‼　髪を毟《むし》らないでぇぇぇ‼」と泣いている。なんたる大惨事《だいさんじ》。

私は両手を構えた。

クラウス君は助かったという表情でこちらを見た。

「もしかしてオーレリアさん、結界魔術で守ってくれるんですか？　それとも風魔術や植物魔術でカラスさんを追い払ってくれるんです？」

すでに一度私の爆破魔術を見ているクラウス君は、私が魔術師であることを知っている。だがまさか、爆破魔術しか使えないとは思っていないらしい。

「てへへ。私、爆破魔術特化型でさぁ。頭に気を付けてね、クラウス君！」

「えええぇぇぇーーーっ⁉　特化型ってどういうことぉぉぉ⁉」

空中に展開した魔術式がキラキラと光り輝く。クリュスタルムたちの周りからカラスを追い払えばいいだけなので、爆破魔術を直撃させる必要はない。少し向きをずらして、爆破音で驚かせるイメージで——……。

私は爆破魔術を発動させた。

『ドッカーーーンッ!!!!』と大きな音が立ち、クリュスタルムたちから少し離れた場所——噴水が吹っ飛んだ。大量の水が噴き出して花壇まで水浸しになり、空中には大きな虹が輝く。

……やばっ。

無事にカラスを追い払うことは出来たが、それ以外は大惨事になってしまった。

▽

いやぁ、王城庭師集団からかなり怒られてしまった。平身低頭《へいしんていとう》して謝ったが、恐ろしかった。

でもクラウス君が擁護《ようご》してくれて、駆けつけてくれたトルスマン皇国の祭司たちも助けてくれたおかげで、説教は長引かずに済んだ。

噴水の弁償費用はかかるけれど、ギルからお小遣いを前借りするから大丈夫。当分、無駄遣いしないようにしなくちゃね。

「ロストロイ夫人、お湯加減はどうでしょうか？」

「極楽《ごくらく》です～」

「かゆいところはありませんか？」

「ありません～」

というわけで、噴水を壊したせいでずぶ濡れになった私。王城のお風呂《ふろ》で侍女たちに洗ってもらい、極楽気分である。

ロストロイ魔術伯爵家のお風呂も広くて気持ちがいいけれど、王城のお風呂はその三倍広くて細部にまでお金が掛かっているなぁ。

ここは王族用ではなく客人用らしいけれど、蛇口《じゃぐち》が獅子《しし》の顔をしていて黄金で出来ている。床も壁も天井《てんじょう》もピカピカの大理石《だいりせき》だ。備え付けの石鹼《せっけん》や洗髪剤《せんぱつざい》なども使い心地がとても良かった。

バスタブには香りのいい花びらや香油が浮かび、呼吸をするたびにリラックスする。

手際の良い侍女たちのマッサージのお陰で血行が良くなり、体がポカポカしてきた。

はぁぁ、生き返る。命の洗濯だぁ。

「ロストロイ夫人のお召し物は今日中には乾《かわ》きませんので、代わりのお召し物をご用意いたしました」

「わぁ、ありがとう」

「入浴を終えましたら、お肌の手入れに移りましょう」

「至れり尽くせりだね」

侍女に促《うなが》されて、私は浴槽《よくそう》から立ち上がり、大理石の床の上におりる。

侍女の一人が大判のタオルを広げ、私の濡れた体を拭いてくれようとした、その時であった——……。

「オーレリア!!　貴女の現在地が客人用浴室になっているのですが、一体どういうことですかっ⁉」

ギルがお風呂場のドアを開けて、勢いよく駆け込んで来やがった。

ギルの羽織っている魔術師団のローブの裾《すそ》は乱れ、髪も風圧でボサボサになり、眼鏡の位置もズレている。よほど急いで駆けつけてくれたのだろう。

だがしかし、ギルは私の状況を一目見て、固まった。

「ギル、急にドアを開けられると寒いんだけれど」

「……」

「ギル、寒いよ？」

「…………」

こちとら素《す》っ裸《ぱだか》なので、ドアを開けっぱなしにするのはやめてほしい。

せっかくポカポカになった体が、流れ込んで来たお風呂場の外の空気で冷えていく。

大方、私のピアスの位置を調べたら予想外の場所にいたので、心配して駆けつけてくれたのだろう。ギルの気持ちはもちろん嬉しいし、有《あ》り難《がた》いと思う。

けれどさぁ、場所がお風呂場だと分かっていたんだから、私が入浴中だということは想像ついただろうに。焦り過ぎて思考が回らなかったのか、ギルよ？

ギルは私の裸、特にぷるんぷるんと揺れているおっぱいをじっと凝視《ぎょうし》したあと、「……たいへん、失礼いたしました」と呟いた。そして静かにドアを閉めて出て行く。

ドアの向こうの脱衣場から、ギルの絶叫《ぜっきょう》が聞こえてきた。

「う、うわぁぁぁぁぁ⁉　オーレリアの体、すごく綺麗だった‼　……いや、そうじゃないっ‼　僕はなんてことを⁉　見てしまっていいのか⁉　いいのか⁉」

なんか大混乱しているな、うちの三十二歳児。

私の裸なんか、いくらでも見ていいに決まっているだろうに。君は私の夫なんだぞ？

「あ、あの、ロストロイ夫人……？　魔術伯爵様は大丈夫なのでしょうか……？」

浴室にいる侍女たちが、おろおろとドアの方を見ている。彼女たちも、まさかギルが初めて私の裸に遭遇したとは思わないよねぇ。

　私は首を横に振った。

「旦那のことは気にしないでください」

　ギルは今、自分の速度でゆっくりと大人に成長しているところなので。

▽

「はい、クラウス君。古くなった竹《たけ》ぼうきを庭師集団からもらってきたよ！」

「ふぇっ⁉」

　私が竹ぼうきを渡すと、クラウス君は非常に困惑した表情をした。

「え？　え？　竹ぼうきで庭をお掃除するんですか……？　庭師さんたちからの罰《ばつ》ですか？」

　こてりと首を傾げるクラウス君に、私は本日の予定を告げた。

「噴水を壊した罰じゃなくて、カラス撃退訓練です！」

　先日王城の中庭でクリュスタルムとアウリュムがカラスに襲われた時に思ったのだ。

　この子たちはキラキラしているから、これからも野生生物に狙われるだろうな、と。

　さすがにドラゴンを追い払うのは無理だろうが、カラスくらいはクラウス君が退治しなければならないだろう。お付きの人間なのだから。

「それで、竹ぼうきなんですか？」

「クラウス君が剣や銃《じゅう》や爆弾《ばくだん》を扱《あつか》えるなら、そういうのでもいいけれど」

「いえ、俺、武器の類《たぐい》はなんにも心得《こころえ》がなくて……。あの、その、ごめんなさい……」

「謝らなくていいよ！　さぁ、竹ぼうきで素振《すぶ》りしよう！　カラスを追い払うイメージで！」

シュッシュッと竹ぼうきを振り上げ、カラスを追い払うイメージでスイングする。

クラウス君も私を真似て竹ぼうきを振り回し始めたが、すぐに「これ、思ったより腕や肩の筋肉を使いますね……」と息が上がっていた。

本日もトルスマン皇国から美少女たちの肖像画が届かないので、巫女姫選定は中断したままだ。

ちなみに王城で開催される夜会は、もうそろそろらしい。クラウス君以外の祭司たちはそちらの準備に追われているようだ。

その夜会にはロストロイ魔術伯爵家も招待されているので、ミミリーたちが衣装の準備をしてくれている。サプライズパーティーの準備も大詰めでたいへんだというのに、有能な使用人たちばかりで実に有り難い。

周囲の人々はそんなふうに忙しいのだが、私たちは暇なので、カラス撃退のための訓練をする時間がたっぷりとあった。

「カラスが一羽の時は一点集中の振り下ろしが有効だと思うけれど、群れとの戦いになったら、こう、竹ぼうきをビュンビュン振り回すのがいいと思う」

「わぁぁ！　すごい！　早すぎて、もはや竹ぼうきが見えないよ、オーレリアさん……!!」

「こうすると残像《ざんぞう》が見えるよ〜」

「竹ぼうきから聞こえる音が、嵐の時の轟音《ごうおん》みたい！」

「さぁ、クラウス君も挑戦しようか」

「ひぇぇぇぇっ!?　が、がんば、俺、がんばりますっ……!!」

クラウス君は覚悟を決めて、再び竹ぼうきを構えた。

「てやー！」「あちょー！」と、がんばって竹ぼうきを振り回すクラウス君を眺めていると。

芝生《しばふ》の上に用意されたテーブルの上でアウリュムとのんびりしていたクリュスタルムが、ぽつりと言った。

〈オーレリアがおれば　カラスやトカゲなんぞ　いつでも爆破で追い払ってくれるのじゃがなぁ……〉

そして自分の発言にハッとしたような声で、クリュスタルムは続けた。

〈そうじゃ！　オーレリアも妾の国に来れば良いのじゃ！　ギルも連れて来て良いし　チルトン家の童《わらべ》たちも一緒に来れば良いのじゃ！　そうすれば……〉

「それは無理だよ、クリュスタルム」

〈なっ　なぜじゃ!?　皆で妾の国に来れば　寂《さび》しいことは何もないのじゃ！〉

ここ最近は兄のアウリュムとの再会や、ギルのサプライズパーティーの準備などで、クリュスタルムの気も紛《まぎ》れていたようだったが。

どうやら改めて、別れの寂しさを感じ始めてしまったらしい。

それだけ心を開いてくれたのだな、と思えば嬉しく、同時に切ない気持ちにもなる。

「だって、クリュスタルムが自国を愛するように、私もギルも弟妹たちも、このリドギア王国を愛しているし……」

生まれ育った愛しい土地を自分の意志で離れること自体は、そんなに難しいことじゃない。

もっと良い仕事に就きたくて賑《にぎ》やかな領地に引っ越す人もいれば、愛する人と幸せになりたくて静かな辺境の町へ移り住む人だっている。

私だって貴族令嬢として生まれた役目を考えて、自分の意志でチルトン領を離れたのだ。

だからクリュスタルムと一緒にトルスマン皇国へ引っ越すという選択が、この世にないわけじゃない。

だけれどその選択肢を、私は選ぶ気はなかった。

「それにね、クリュスタルム。お別れが寂しいからと言ってずっと一緒にいようとしても、お別れが絶対に来ないわけじゃないんだよ」

クリュスタルムは、以前の私にちょっとだけ似ている。

大好きな魔術師団の仲間たちと離れることがつらくて、楽しかった過去を思い出にすることさえ出来なくて、仲間たちの笑顔が脳裏《のうり》に浮かぶたびに胸が張り裂けそうで。

どうしたらまた皆と一緒にいられるのだろう、と考えた結果が自爆だった。

そして結局、ヴァルハラを追い返されるというオチだった。

オーレリアになってからも、そのことをずっと引きずっていた。今もヴァルハラの皆を恋しく思う気持ちに変化はない。

だけれどそれでは駄目だと分かったから、現世を大切にするために、寂しい気持ちを封印している。

「クリュスタルムはとっても長生きでしょ。私とギルがクリュスタルムにくっついて行っても、君が望むよりも早く、お別れの時が来るよ」

〈それはそうなのじゃが……〉

「歴代の巫女姫たちとだって、ちゃんとお別れして来たんでしょう？」

〈あやつらは妾の許可なく寿退職《ことぶきたいしょく》していくのじゃ〉

「それは実におめでたい話だねぇ」

私はクリュスタルムを撫でた。今日もツルツルでひんやりしている。

「このお別れを丁寧に扱おうよ。出会えた奇跡に感謝して、一緒に過ごした時間を愛したまま、『寂しいね』って、この胸を痛めながら別れよう。これが今生《こんじょう》の別れかもしれないし、再び繋《つな》がる縁《えん》なら、きっとまたどこかで巡り会えるかもしれないから。友達としての礼儀《れいぎ》に則《のっと》って、お別れしよう」

私は本当はそんなふうに、ヴァルハラの皆とお別れがしたかった。

それを戦争が許してはくれなかった。

けれど今は、正しいお別れが許される時代になったのだ。私はクリュスタルムときちんとお別れがしたい。

クリュスタルムはしばし沈黙《ちんもく》した後、〈……そうじゃな〉と頷いた。

〈オーレリアもギルも妾の友人じゃからな　正しくお別れをすべきじゃな〉


クリュスタルムとアウリュムと、そのままテーブルで向かい合っていると。

竹ぼうきの訓練に疲れ果てた様子のクラウス君が、こちらへとやって来た。

クラウス君がよろよろとした動作で椅子に腰掛けたので、テーブルの上にあるピッチャーからグラスに果汁水《かじゅうすい》を汲んであげる。彼は喉《のど》を鳴らして果汁水を飲んだ。

「どっ、どうでしたか、オーレリアさん。俺、カラスさんを撃退出来そうですかね……？」

「あ、ごめん。途中から見てなかったや」

「そそそそんなぁ……」

クラウス君はぐったりと肩を落とした。ごめんよ。

しばらくテーブルに沈んでいたクラウス君だったが、ガバッと顔を上げて、

「あのぅ、旦那様のことなんですけれど……！」

と、突然話題を変えてきた。

「オーレリアさんは、そのっ、旦那様とは最近どんな感じなんですか⁉」

「最近の旦那？」

私の脳裏によぎったのは、ここ数日のギルのよそよそしい態度である。

王城のお風呂場で見た私の裸がよほど刺激的だったのか、あれ以来ギルは私と目を合わせられないでいる。

私から話しかけても、ギルから返ってくる声がすっっっごく小さい。

彼の眼鏡の奥を覗きこもうとすれば顔ごと逸《そ》らされ、距離を縮めようとすれば反射のように半歩後ずさる。自分でもこの態度はヤバいと思うらしく、部屋の隅で頭を抱えている。

就寝時が最も症状が顕著《けんちょ》で、一人布団《ふとん》にくるまって巨大なイモムシみたいになって震えていた。

まだ残暑《ざんしょ》だぞ。

「息苦しくないのか、ギル？」と尋ねた私に対し、巨大イモムシは涙声で「どうしたらいいのか分からないんです……!!」と叫《さけ》んだ。

「貴女の体を見たいし肌に触れたいし欲望のままに襲い掛かりたいという気持ちと、貴女を大事にしたいしそもそも触れ方も分からないし無様《ぶざま》な自分を貴女の前に晒《さら》して引かれてしまうかもしれない恐怖で、僕、頭がぐちゃぐちゃなんです……!!」

「あ、そう」

それ、一回やっちゃえば解決するやつだな。

「あんまり根《こん》を詰め過ぎずに早く寝なよ、ギル。じゃあ、おやすみ～」

「おやすみなさい、オーレリア……！」

まったく心配する必要のない悩みだったので、私はそのまま巨大イモムシの横でスヤスヤと眠ったのだが。

夜中の三時頃だっただろうか？　ベッドにうちの巨大イモムシがいないことに気が付き、私は心配になって廊下へ出た。そして屋敷内を散々探した挙句《あげく》、玄関ホールにある一ツ目羆の剝製《はくせい》の前で横たわる巨大イモムシを発見した。

おそるおそる巨大イモムシの中を確認すれば、健《すこ》やかな寝息を立てて眠るギルがいたので、私は安心した。

このまま玄関ホールに寝かせておくわけにもいかないので、巨大イモムシ状態のギルを静かに運び、またベッドに寝かせる。

そして朝が来ると、またギルがぎくしゃくしている……というループである。

どうやら私の素っ裸のおかげで、ギルは歳の差問題やらクラウス君への嫉妬やらは完全に忘れてしまったようだ。それはたいへん嬉しいことなのだが、彼の中ではまた新たな問題が生まれてしまったらしい。

ギルは私が初恋だと言っていた。

バーベナが戦時中に自爆してしまった瞬間から、ギルの初恋は行き場を失い、そこで彼の中の恋愛経験はすべて止まってしまったのだろう。

そして現在私と結婚し、停止していたはずの恋愛経験がどんどん自分の身に降りかかり、気持ちが追いつかない状況なのだろう。

クリュスタルムがトルスマン皇国に帰ったら、もうギルを襲って荒療治《あらりょうじ》しちゃった方が正直楽かもしれない。

でも、恋愛に『楽さ』を求めるのは何か違うよなぁ。『楽しさ』なら全然いいけれど。

こんなこと、急《せ》かしてもしょうがないし。

ギルの心が追いつくまでは私はただ待つことしか出来ない。

やっぱりギルのペースに合わせて、ゆっくりと関係を進展させていくしかないよな。

ギルのそういうところも、可愛いっちゃ可愛いんだけれど……。

そう思いつつ、私はクラウス君の前で溜め息を吐いてしまう。

「最近はよそよそしい感じかなぁ」

「よ、よそよそしい⁉　……や、やっぱり……！」

「一緒に寝るのも駄目みたいで」

「一緒に寝るのも駄目……、新婚なのに……！」

「日中も目を合わせてもくれなくてさぁ」

「ひぇぇぇぇ⁉　そ、そんな、そこまで……」

ギル相手じゃなかったら、面倒《めんどう》くさ過ぎて投げ出していたかもしれない。

相手が可愛いから割となんでも許してしまうという心境は、何も男性側に限ったことではないようだ。

などと考えている私の目の前で、クラウス君がぽつりと、

「はわわわわ……！　フルーツパーラーでお会いしたロストロイ魔術伯爵様は、確かにとっても怖

い方だったけれど。オーレリアさんって、ロストロイ魔術伯爵様からそこまで冷遇されちゃってるの⁉　やっぱり俺が助けてあげないと……っ！」

と呟いたことに、私は気付かなかった。

▽

「たっ、たたたたたいへんですーっ、アドリアン様ぁぁぁ‼‼」

オーレリアと別れた後、アウリュムと竹ぼうきを抱えたクラウスは、大祭司たちが集まる客室へと大急ぎで駆け込んだ。

客室にはアドリアン大祭司をはじめとした大神殿の者たちが椅子に腰掛けており、週末に開催される王城の夜会への準備について話し合っているところだった。

キリリと引き締まった空気をぶち壊したクラウスに、アドリアン大祭司は眉間《みけん》にしわを寄せる。

「一体何事だ、クラウスよ。騒々《そうぞう》しい。お前にはあの女を籠絡することに集中しろと言っておいたはずだろう。あの女の件はどうなっているのだ？」

「俺、そのことをお話に来たんですよぉ、アドリアン様……！」

クラウスはアドリアン大祭司の傍まで近付くと、涙ながらに語り始めた。

フルーツパーラーで話したロストロイ魔術伯爵の、冷たくて威圧的《いあつてき》な様子を。

そしてオーレリア本人から聞いた、彼女の可哀そうな境遇《きょうぐう》を。

旦那がよそよそしくて（思春期だから）。

一緒に眠るのも駄目で（思春期だから）。

日中も目を合わせてくれなくて……（思春期だから）。

「オーレリアさんはちょっと変わった魔術師さんですけれど、優しくて、とてもいい人なんです……！　それなのに彼女を冷遇して愛さないだなんて、ロストロイ魔術伯爵様はひどすぎますぅぅぅ!!」

「……魔術師？」

アドリアン大祭司が、クラウスの言葉の一つを繰り返した。

「あの女は魔術師なのか？」

「え？　は、はい……。ご本人がそう言っていましたし、俺もオーレリアさんが魔術を使うところを二回見ましたけれど……」

「そうか」

アドリアン大祭司は両腕を組み、良いことを思いついたというように笑った。

「それなら、面白い品であの女を釣ることが出来るかもしれない」

「面白い品ですか？」

「うむ。終戦の頃に、魔術兵団幹部の一人が私に渡してきた魔道具なのだが……」

トルスマン皇国にはかつて魔術兵団と呼ばれる、魔術師のみで構成された軍隊があった。

その大半はリドギア王国元魔術師団長『爆殺の悪女・バーベナ』に葬《ほうむ》り去られてしまい、終戦後にはガイルズ国王陛下の指示で完全に解体されたのだが。

当時の魔術兵団には、戦争のための魔道具を研究開発する部門があった。

その部門のトップにいた魔術師が、終戦直後にアドリアン大祭司へ『とある魔道具』を渡してきたのだ。

「なんでも、その魔道具には『魔術師の能力を増強させる』効果があるという話でな。魔術兵団はその魔道具の制作に長い時間をかけたが、完成したのは一つだけだったらしい。元幹部は戦犯《せんぱん》として裁判にかけられることが決まっておったから、私のもとにその魔道具を預けに来たのだ。だが結局元幹部は処刑されてしまい、魔道具を返却することも出来ず、未だ私の手元にあるのだ」

アドリアン大祭司は、その魔道具をロストロイ夫人に贈ってはどうか、と話を続けた。

「もはや持ち主のいない魔道具で、私としてもいい加減処分したかった。『魔術師の能力を増強させる』効果があるのなら、あの女の関心が引けるのではないか?」

「プレゼント大作戦ってわけですねっ、アドリアン様!」

「うむ。女を籠絡するには良い手段だろう」

「ありがとうございます、アドリアン様!」

子犬のように瞳をキラキラさせてこちらを見上げてくるクラウスに、アドリアン大祭司は顔をしかめた。

見目は良いが、なんとも頼りない若者である。

「それにしても、やはりクラウス一人では籠絡に時間が掛かるな……」

「しゅっ、しゅみませんっ、アドリアン様……！　俺もがんばって、オーレリアさんを救おうとは思ってるんですけれど……」

しゅんと肩を落とすクラウスに、アドリアン大祭司は言った。

「本国では、やはり巫女姫の候補者がなかなか見つからないようだ。あの女をどうしても手に入れねばならぬが、我々の帰国の時も近づいている。クラウスだけでは頼りないから、私も手伝うとするか。なに、私の手にかかればリドギアの女一人籠絡することなど造作《ぞうさ》もない」

「さすがはアドリアン様です！」

アドリアン大祭司は本国から件《くだん》の魔道具を持ってくるようにと、配下の者に指示を出した。

それがどのような結末をもたらすことになるのか、今はまだ誰も知らなかった。

第四章 ◆ 王城の夜会

「ジョージ！　ちょっと急ぎのお願いがあるんだけれどー！」

「はい、オーレリア奥様《おくさま》。今夜の王城での夜会のことでございましょうか？　なんなりとお申し付けください」

「いや、夜会のことじゃない方で！」

リドギア王国にトルスマン大神殿の大祭司《だいさいし》が来訪した記念の夜会が、今夜開催される。

大祭司が来た本来の目的はクリュスタルムの返還《へんかん》だが、この機会に両国の平和を主張しておきたいのだろう。諸々の利益や思惑《おもわく》が絡《から》んだ『平和』なのだろうが。

ジョージは私の『夜会のことじゃない方』という言葉に、すぐに誕生日パーティーの方だと気が付いてくれた。

「追加で頼みたいことがあるの。お願い出来る？」

私が用件を伝えると、ジョージは穏《おだ》やかに微笑《ほほえ》んだ。

「もちろんでございます、奥様。私が手配しておきましょう」

「ありがとう、ジョージ！」

手配をするにはギリギリのタイミングだが、ジョージは快《こころよ》く引き受けてくれた。彼に任せておけば、あとは安心である。

「それよりも奥様、そろそろ夜会のお支度《したく》を……」

「うん、わかった！」

というわけで、侍女《じじょ》のミミリーにおめかしをしてもらう。

私の正装《せいそう》は彼女に任せっぱなしなので、今日も今日とてミミリーが選んでくれたドレスを着せてもらった。

「なんか、今日のドレスはいつもとちょっと系統が違うね？」

いつもはヒラヒラフリフリのプリンセスラインのドレスなのだが。

今日はもう少し落ち着いた雰囲気《ふんいき》のドレスで、胸元《むなもと》や肩《かた》周りが広く開いている。

いつもはこんなに露出の多いドレスは出てこなかったんだけれど、ガイルズ陛下《へいか》主催の夜会だからだろうか？

不思議に思ってミミリーに尋ねれば、彼女は非常に歯切れ悪く言った。

「最近旦那様《だんなさま》が……、その、奥様の胸元を、よく盗み見ていらっしゃるので……。こちらのデザインのドレスの方がお喜びになるかと思い、選ばせていただきました」

おいギル、三十二歳の思春期丸出しで私のおっぱいをチラチラ見てることが、ミミリーにバレているぞ。

私ももちろん気付いていたが。

目を合わせようとしないくせに、ふとした瞬間に妙《みょう》に視線を感じるから、いやでも分かるのである。

「可哀《かわい》そうだから、ギルには指摘してやらないでね」

「もちろんです、奥様。そのことはジョージさんや庭師や料理長など、使用人全員が心得《こころえ》ております」

おいギル、ロストロイ魔術伯爵家《まじゅつはくしゃくけ》の使用人全員にバレてたぞ……。どれだけ露骨《ろこつ》だったんだ。

私は皆の優しさに心から感謝した。

身支度が整うと、私はクリュスタルムを斜めかけバッグに詰めた。

これはいつものバッグではなく、裁縫《さいほう》の得意なミミリーが新しく夜会用に作ってくれたバッグだ。

チルトン領産の小さなダイヤがいっぱい縫《ぬ》い付けられたパーティー仕様である。ちなみにこの小さいダイヤは、里帰りした時にお父様から頂いた。

クリュスタルムからも〈高貴《こうき》な妾《わらわ》に相応《ふさわ》しい袋じゃ！〉と好評である。

ありがとう、ミミリー。ありがとう、お父様。

玄関ホールに向かうと、一《ひと》ツ目羆《めひぐま》の剝製《はくせい》をじっと見つめているギルの姿があった。ギルはこのあいだも一ツ目羆の前で寝ていたし、結構気に入っているのかもしれない。

ギルは装飾の多いドレスローブを着ていた。その姿は実に華やかで、妻の私の目から見ても美しい男性だと思う。

ギルは私のヒールの音に気が付き、「オーレリア」とこちらを振り向いた。

さすがに今夜は夜会なので、三十二歳の思春期男子から、大人のロストロイ魔術伯爵に切り替えてくれたらしい。……大人って何だろうな？

彼はいつものように私のおめかしを褒《ほ》めようとして────……、ドサッと膝《ひざ》から崩れ落ちた。

私も『黙《だま》っていれば美人』と言われるタイプの人間だが、ギルもそんな感じだな。

夫婦揃《ふうふそろ》って高貴には生きられないようだ。一応魔術伯爵家なのに。

「うぅ、ああっ、わぁぁ……！」

「ギル。もう少し頑張って、人間の言葉で喋ってみよう？　ね？」

「オーレリアが美しすぎて、この胸で荒れ狂う感情を的確に表す言葉がわかりません……！」

「欲情じゃない？　それとも発情？」

「直球過ぎて情緒《じょうちょ》がありませんっ!!!!　僕が貴女《あなた》に捧《ささ》げた初恋は、本当に大切なもので、決して俗物的な欲だけに翻弄《ほんろう》されるものではない、僕の宝物で……っ!!!!」

「はいはい、わかったわかった。ギル君の恋はきれいでちゅね～。じゃあ、夜会に行くために馬車に乗りまちゅよ～」

しゃがみ込むギルの両脇に私は腕を通して、彼を起き上がらせようとしていると。クリュスタルムが〈妾はギルのこういう潔癖《けっぺき》さが好きじゃ！〉と、バッグの中で言った。

潔癖というか、拗《こじ》らせているだけですけれどね。

ギルが拗らせてしまった原因は私なので、何も言えないのですが。

▽

王城に着く頃には、ギルもシャキッとした表情になった。

馬車の中でもモダモダしていたから、ちょっと心配だったけれど、切り替えてくれて良かった。

夜会のために王都在住の貴族が集まり、城内はいつもより華やかな雰囲気だ。大広間の壁際には
お高い美術品や肖像画《しょうぞうが》に交じって、大きな花瓶に芸術的に生けられた花がある。きっと庭師集団が
丹精《たんせい》込めて育てた花なのだろう。

……そういえば昨日、庭師集団から壊した噴水の請求書が届いたな。

まだギルにお小遣いの前借りを頼んでなかったから、ちゃんと頼まないと。

「ねえ、ギル……」

お小遣い、と言おうとしたその時、ガイルズ国王陛下が大広間へと入場してきた。

今夜は正室《せいしつ》である王妃様《おうひさま》もご一緒だ。

側妃様《そくひさま》はトルスマン大神殿の大祭司たちをもてなすために、そちらの方に付いているようだ。

ガイルズ陛下や来賓《らいひん》が所定の位置に着くと、貴族一同、臣下《しんか》の礼をする。

「あー……、『今宵《こよい》はトルスマン皇国《こうこく》大神殿の大祭司、アドリアン殿の来訪を歓迎し、』……」

夜会開催の挨拶として、ガイルズ陛下は宰相《さいしょう》から渡された紙を読み上げている。決められた言葉を口にするガイルズ陛下からは普段のヤンチャさが身を潜め、ちゃんと一国の王に見えて安心した。

会場内にいるリドギア王国民全員同じ心境なのか、貴族や上層部も、王城の侍女や衛兵たちも、ホッとしたような表情をしている。

ガイルズ陛下には優雅さはないけれど、戦争という動乱の時代を率いてくださった頼もしい王なので、臣下からの忠誠心は絶大なのだ。

無事にガイルズ陛下の挨拶が終わると、大祭司たちの紹介や挨拶に移る。

その中にはクラウス君の姿もあり、私と目が合うとへにゃりと微笑んでくれた。彼の手にはふかふかのクッションがあり、その上にはアウリュムが鎮座《ちんざ》している。クリュスタルムのためにも、あとで挨拶に行かないと。

その後、夜会が始まった。

私はお酒が大好きなので、侍従《じじゅう》が配るグラスを受け取ると、ザルというより枠《わく》のようにワインを飲む。

屋敷で飲んでいるワインも、甘口から辛口、渋みや酸味が違うものを色々用意してもらって楽しんでいるけれど。王城で出されているのはまた違うバランスで美味《おい》しいなぁ。

「これ、どこのワインなんだろうね？　王室御用達《ごようたし》のやつだから、一般流通はしてないのかな？」

「では今度、陛下からゆすってきますね。この間、お忍びで突撃訪問しに来やがりましたし」

「わーい！　ありがとう、ギル！」

他の貴族とも挨拶を交わしていると、ダンスの音楽が始まった。それを合図に次々とダンスフロアへ人が入っていき、皆楽しそうな笑顔を浮かべてダンスを踊る。

私はギルの手を引いた。

「私たちも踊ろっか。前にラジヴィウ公爵家の夜会でダンスした時、すっごく楽しかったよね〜」

「……」

ギルの目が激しく泳ぎ、半歩後ずさる。

「……ギル」

「今夜の僕は絶対にオーレリアに見惚《みと》れて、貴女の足を踏んでしまいますので……っ‼」

「大丈夫。自慢《じまん》の足捌《あしさば》きで回避するって。シュシュッて」

「絶対に僕の足がもつれて転ぶ……‼」

「私がリードするから平気だって。なんならギルを持ち上げて回転とかも、きっと余裕で出来るし」

「そういう男前なセリフは僕が言いたいんですよ、本当はっっっ‼‼」

「私より乙女《おとめ》のくせに無茶を言うなよ、ギル」

「とにかく、今夜の貴女とダンスは無理です‼」と言って、ギルが抵抗する。

まったくもうっ、へたれぇ。

イヤイヤ期のギルを前に、私はどうしようかと考えていると。

魔術師団のローブを着た青年が「ロストロイ団長〜！　緊急のお知らせっス！　マジでヤバいっ

ス〜！」と叫びながら現れた。いつぞやの骸骨君《がいこつくん》である。今日もげっそりと頬《ほお》がこけていた。

ギルは部下を見ると、一瞬ホッとした表情になった。逃げる気満々だな、おい。

「申し訳ありません、オーレリア。緊急らしいので少し離れます！　なのでダンスは無理です‼‼」

「すみません、奥様。でもすぐにロストロイ団長をお返しするんで、ダンスは大丈夫っスよ〜」

「いえ‼　ダンスは無理ですから‼　行くぞ、ブラッドリー！」

「え？　なんでダンスが駄目《だめ》なんスか、団長？　あとで奥様と踊ってあげりゃあいいのに」

「うるさい。君は黙っていろ」

「パワハラ！　パワハラ発言っスよ、ロストロイ団長！　労働局に言いつけるっスよ⁉」

「新婚休暇中に働かされている僕の方が労働局に駆け込みたい……」

ギルはちょっと遠い目をしつつも、部下のブラッドリー君を連れてダンスフロアから逃げて行った。

〈ギルのやつは仕方がないのぉ　どうじゃオーレリア　代わりに妾と踊るか？〉

「水晶玉《すいしょうだま》を抱えて一人で踊っている変わり者に見られるやつですね」

それも無しでは無いかなぁ。クリュスタルムとお別れする前の思い出作りに。

そんなことを考えていると。

「はわわっ！　やっと見つけた、オーレリアさん！　こんばんは！」

アウリュムを連れたクラウス君がやって来た。

▽

自分でも、オーレリアに対する今の自分の対応がマズイことは重々理解している。

僕だって彼女の前では常に格好良い男でありたい。

あと、優しくて紳士的で仕事や金銭面でも頼れる男でありたいし、エスコートがスマートだとか、乗馬が上手《うま》いとか、魔術方面でも出来る男だと思われたいし、そういう僕を見てドキドキして惚れ直してほしいといつもいつも願っている。

オーレリアからの愛情が足りないとはまったく思っていないが、僕の方ばかりが毎瞬毎瞬オーレリアに惚れ直しているので、このままでは夫婦間の愛情の比率が八対二くらいになってしまいそうで恐ろしい。ちなみに僕の方が八だ。

せめて六対四くらいまでには……ならなそうだな。どうしても僕の愛が重過ぎる。

たった一度、一糸纏《いっしまと》わぬオーレリアの姿をうっかり見てしまっただけなのに、ずっと脳裏に焼き付いて離れない。このあいだまで他のことに嫉妬していたような気がするのだが、それがなんだったのか思い出せなくなってしまった。それくらいに衝撃的だった。

今この瞬間も、『女神のようだったな』とか『柔らかそうだったな……』とか、つい浮ついたことを考えてしまう。

そして急に怖くなってしまった。

オーレリアに触れたい、初夜《しょや》のやり直しがしたいとずっと思っていたが、僕は彼女を幻滅《げんめつ》させることなくそれを遂行《すいこう》出来るのか？　と。

きっと無様《ぶざま》な姿を見せるだろう。

彼女を感動させるような甘い愛の言葉も思いつかず、情けなく黙り込んでしまうかもしれない。

あれほど恋愛指南書を読んだのに……！

彼女の肌に触れた瞬間、僕は感極まって号泣するかもしれない。世界一格好悪い男に成り下がるかもしれない。

想像するだけで恐ろしく、それでもオーレリアと白い結婚を続行することだけは本当に嫌だと心が叫ぶ。無理だ。絶望する。

どうして僕は、オーレリアの前ではどんどん格好悪くなってしまうのだろう。

オーレリアの前でこそ一番良いところを見せて、惚れ直してほしいのに。冷静沈着で頼れる男を装っていたいのに。

彼女の前では感情が揺れて何も繕《つくろ》えなくなってしまう。

それが恋だというのなら、恋とは何て理不尽《りふじん》なのだ。

「ロストロイ団長、いい加減こっち向いてくださいっス！　壁に向かって項垂《うなだ》れないでくださいよ～！」

夜会会場から離れた廊下の石壁に、額《ひたい》を押し当てて項垂れていると。部下であるブラッドリーが叫んだ。

もう少し頭を冷やしていたかったのだが。

「すまない、ブラッドリー」

「ロストロイ団長って、奥様の前じゃマジで雰囲気変わりますよね」

ブラッドリーの口から、今まさに考えていた愛しい人の話題が飛び出してきて、僕は「うっ」と胸を押さえる。

「ロストロイ団長が結婚するって話を聞いた時は俺もビビったし、他の団員たちも『団長は魔術が恋人で、生身の人間とは結婚しないと思ってた』とか、『ギル団長は絶対に童貞《どうてい》だから、嫁ちゃんの扱《あつか》いが悪くて、そのうち逃げられちゃいそう。アタシぃ、本気で心配よぉ』とか言ってたっスけれど。奥様となんか面白そうな関係を築いているんスね！」

「オーレリアに逃げられそうとか、不吉なことを言うんじゃない……！　あの人が本気で僕から逃げたら、追いかけるのが一苦労なんだ！　あの人の方が僕より体力が有り余っているんだ！　基本命がけなんだぞ！」

「あ、すげぇ。団長も奥様に逃げられるのが嫌とか、普通のことを考えるようになったんスね～」

「こんな不吉な話はやめよう。それよりブラッドリー、急ぎの報告があると言っていただろう」

「えぇ～、せっかく団長をからかえる機会で面白かったのにー」

僕が再度急《せ》かせば、ブラッドリーはニヤけた表情をやめて、報告書を取り出した。

「えーっと。ペイジ副団長が最後に向かったと思われる旧クァントレル領で聞き込み調査をしたところ、ペイジ副団長はやっぱり『霧《きり》の森《もり》』に行ったきり戻ってないみたいっス。あそこ、領民が二人消えて、その調査に向かったポイントル団員が消えて、そんでペイジ副団長で四人目っスよ。この案件、かなりヤバくないっスか」

「……」

「どうします、ロストロイ団長? ラジヴィウ遺跡《いせき》調査に出ている団員を何人か呼び戻して、『霧の森』に向かわせますか?」

「いや。あのペイジさんが向かっても駄目だったのなら、他の団員を『霧の森』に向かわせても仕方がないだろう」

ペイジさんは少々特殊な人だが、扱える属性も多い実力者だ。魔術師としてだけではなく、魔道具の作り手としても非常に優秀な人である。

そんなペイジさんが未だ連絡一つ寄越せない状況なのだから、他の団員ではこの案件は無理だ。

目の前のブラッドリーが期待をこめた眼差しで僕を見上げた。

「じゃあ、団長……!」

「人命がかかっているんだ。僕が動く」

「さすが戦争の英雄、ギル・ロストロイ団長っスね!」

「そして全部が終わったら、僕は新婚休暇を絶対に延長する!!!!」

「結婚すると、仕事の鬼《おに》でもこんなにキャラ変するんスね! すげぇ!」

▽

「それで、用事ってなあに、クラウス君？」

「アドリアン大祭司様がオーレリアさんに、クリュスタルム様のことで改めてお礼をお伝えしたいって言ってました。だから俺たちトルスマン大神殿の控室にご招待させてくださいっ！」

いつもよりキラキラとした刺繍《ししゅう》が入っている純白の民族衣装を着たクラウス君に問いかけると、彼はふにゃりと笑った。もうすっかり私に気を許し、友情を感じてくれている笑顔である。

ギルはクラウス君に対して嫉妬していたが、やはり恋愛には転びそうになかった。

まぁ、嫉妬していたギル本人も今は私の裸で頭がいっぱいで、クラウス君のことなどもう忘れていると思うが。

「ええ〜。お礼は旦那の方に伝えてくれたらいいのに。私はあの時、死にかけていただけだし〜」

「えええ⁉　オーレリアさんが死にかけた⁉　そんなに大変な目に遭《あ》ったんですかっ⁉」

「ラジヴィウ遺跡の竜王《りゅうおう》の宝物殿《ほうもつでん》は、死の呪《のろ》いでいっぱいだったよー」

〈妾が頑張って量産したのじゃ！　あのアホトカゲをぶちのめすために！〉

〈流石《さすが》は我の妹だ　お前の勇敢《ゆうかん》さはこの先　千年でも二千年でも語り継がれるだろう　クリュスタルムはなんと尊《とうと》く麗《うるわ》しいのだろうか　お前のように素晴らしい妹を持てて　兄はとても誇らし

いよ〉

〈もっと褒めてなのじゃ　兄上ー!!〉

私がクリュスタルムを運び、クラウス君がアウリュムを運ぶ。

夜会会場から移動した私たちは、大祭司たちの控室へと辿り着いた。

控室の前の廊下には数人の祭司たちがいて、私たちを見るとすぐに扉《とびら》を開けてくれた。

中には応接セットが用意されており、アドリアン大祭司とそのお付きの祭司たちがいて、私たちを出迎えてくれた。

「ようこそいらっしゃいました、ロストロイ夫人。夫人とは何度も顔を合わせておきながら、なかなかじっくりお話しする機会がなくて残念に思っておりました。今宵は良い機会です。これを機に、リドギア王国とトルスマン皇国の平和についてお話しいたしませんか？　夫人のために様々なスイーツを揃えたのですよ」

アドリアン大祭司はそう言って、テーブルの上を指し示す。

そこには目にも鮮やかなカットフルーツがたっぷりのせられたケーキから、高級チョコレートやバターたっぷりのクッキーなどが用意されていた。たぶん我が国の貴族街で購入したのだろう。

ふぅん。国が疲弊《ひへい》し、トルスマン皇国の民が飢《う》えているというのに、宗教団体の上層部にはお金があるんだなぁ。

ちょっと白けた気持ちになったが、すぐに心の中で打ち消す。

もしかしたら、余裕のない中で精一杯おもてなしをしようとしているのかもしれないのだし。あまり悪い方向に考えちゃ駄目だ。

「ぜひ」と私は答えた。

▽

「ロストロイ夫人、スイーツに合う飲み物もご用意したのですよ。ぜひ飲んでください」

「ありがとうございます、大祭司様。あ、紅茶じゃなくてカクテルなんですね」

「ええ。トルスマン皇国伝統のカクテルなんです。甘いので、特に女性に好まれる味なんですよ」

「へぇー。楽しみです」

アドリアン大祭司が配下の者に視線を向けると、細長いカクテルグラスが運ばれてくる。

透き通った紅色《べにいろ》のカクテルがたっぷりと入ったグラスが、ロストロイ夫人の前に静かに置かれた。

(くっくっくっ……！)

アドリアンはほくそ笑んだ。目の前のソファーに腰掛け、何も知らぬ顔でカクテルグラスを手に取ったロストロイ夫人に。

(菓子には何の仕掛けもしなかったが、そのカクテルには少々小細工をさせてもらったぞ、夫人よ)

トルスマン皇国伝統のカクテルというのは嘘《うそ》ではない。

リンゴから作られた酒と、カシスのリキュール、少々の蜂蜜《はちみつ》を加えたそのカクテルは、かつてリンゴ栽培が盛んだった東部地方で古くから愛されてきた。

今では土地が疲弊《ひへい》し、あれほど山々を埋め尽くしていたリンゴの木はほとんどなくなってしまったが。

だが今回のカクテルには、『サラマンダーの息吹《いぶき》』という、アルコール度数が恐ろしく高い蒸留酒《じょうりゅうしゅ》も一緒に混ぜ込んでいる。酒に強いと言われる南部地方の船乗りでさえ、『サラマンダーの息吹』をグラス一杯飲み切る前に泥酔《でいすい》すると評判だった。

甘く飲みやすいのに度数が高いカクテルというものは、女を陥《おとしい》れる時に使いやすい小道具だ。

酔って警戒心が薄まったところで、クラウスに口説かせるのも良し。

前後不覚にまで陥らせて、隣室にあるベッドでクラウスと共に過ごしてもらうも良し。実際に事が起こる必要はない。なにせクリュスタルムは生娘生息子《きむすめきむすこ》しか好まない。

ただ一定時間を夫《おっと》以外の男と寝室で過ごしたという事実さえあれば、それで十分、ロストロイ夫人の弱みを握ることが出来る。

（クラウスに惚れて自ら進んで我が国に来るのでも、弱みに付け込んで無理やり我が国に来させるのでも、どちらでも構わん。大事なのは、この女がクリュスタルム様の巫女姫《みこひめ》になること。それだけだ）

アドリアンはそう考え、ロストロイ夫人がグラスに口を付けるのを愉快《ゆかい》な気持ちで眺めた。

「どうです、お味の方は？」

「すごく美味しいです！」

一口飲んだロストロイ夫人は、アッシュグレーの瞳《ひとみ》をキラキラと輝かせた。

「それは良かった。ささ、もっと飲んでください」

「はいっ」

くくく、馬鹿《ばか》な女は扱いやすくて良いな、とアドリアンはほくそ笑む。

ロストロイ夫人は満面の笑みを浮かべると、ぐいっとグラスを傾け、喉を反らしてカクテルを一気に飲み干した。

(は？　この女、『サラマンダーの息吹』を一気飲みだと……っ⁉　死ぬ気か⁉)

さすがのアドリアンも、ロストロイ夫人のこの行動には唖然《あぜん》とした。

アルコール度数が高いことを隠したままカクテルを飲ませようとしたのは自分だが、ここまで一気に呷《あお》られると、どうしたらいいのか分からない。

アドリアンはロストロイ夫人に酒の過ちでクラウスと関係を作ってほしいのであって、夫人を酒で殺したいわけではないのだ。

驚きに声が出せないアドリアンの前で、ロストロイ夫人は空になったグラスを見つめ、こう言った。

「あの、おかわりしてもいいですかね？」

……ロストロイ夫人は恐ろしい酒豪《しゅごう》だった。

用意した高級スイーツよりもカクテルの方が気に入ったようで、もう何杯飲んだのか分からない。並みの人間ならばすでに死んでいる。

ロストロイ夫人はさらに「このカクテルの作り方を教えてほしいんですけれど～」と言い出し、彼女の目の前でカクテルを作る羽目になった。

もちろん『サラマンダーの息吹』の存在が白日《はくじつ》の下《もと》となり、夫人は「あのー、この蒸留酒だけで飲んでもいいですか？」と言って、ショットグラスをねだった。しかもチェイサー代わりにカクテルを所望《しょもう》する。予想外のザルであった。

「……お酒、お強いんですね」

「前世の頃からいくら飲んでも酔わない体質なんですよ～」

アドリアンは額から汗をダラダラと流しながら、乾いた笑い声を漏らした。

ロストロイ夫人は『前世』などと訳の分からない単語を口にするくらいには酔っているようだが、アドリアンが望んだほどの効果はなかった。

「は、はは、は……」

(女のくせに高級スイーツよりも酒で、しかも酒豪とはどういうことだ⁉　化け物か⁉)

アドリアンは偏屈《へんくつ》な七十代で、『女というのはこういうもの』というステレオタイプなイメージから脱却《だっきゃく》出来ない困った男であった。

(しかし、まだ手はある！　クラウスよ、この女を口説きまくって落とすのだ！)

アドリアンがクラウスに目配《めくば》せをすると、少年祭司は「はわわ！」という表情を浮かべた。そして慌ててロストロイ夫人に話しかける。

「えーっと。オーレリアさんが竜王の宝物殿でクリュスタルム様を発見された時の話が聞きたいなぁ、俺！」

〈おお　それは我もぜひ聞きたいな　発見時のクリュスタルムはとても美しく光り輝いていたのだろう〉

〈妾はよく覚えておるのじゃ　オーレリアが妾の中に落っこちてきて　即死《そくし》しかけたことを〉

「うん。あれは滅茶苦茶《めちゃくちゃ》ヤバかったよねぇ」

クラウスとロストロイ夫人、そしてクリュスタルムとアウリュムが、和気あいあいと話し始めた。

そこに色恋が挟まる雰囲気はまるでなかった。

（この、ぽんこつクラウスめ……！　私は夫人を籠絡《ろうらく》しろと言ったが、夫人と仲の良い友達になれなどとは一言も言っておらんぞ！）

女性に好かれやすい見た目をまったく活かせていないクラウスに、アドリアンは頭を抱える。

だが次の瞬間、良い考えがひらめいた。

（そっ、そうだっ！　クリュスタルム様にお力添えをしていただこう！　この女のことを気に入っていらっしゃるクリュスタルム様なら、『ロストロイ夫人を巫女姫にしてはどうか』と尋ねれば、喜んで夫人を説得してくださるはずだ！　妹に甘いアウリュム様も、きっと話に乗ってくださるはずだ！）

アドリアンはそれとなく話を運ぼうと、口を開いた。

「なるほど、なるほど。クリュスタルム様とロストロイ夫人は、とても仲良しなのですね」

猫撫《ねこな》で声を出すアドリアンに、クリュスタルムは機嫌良く答える。

〈うむ　そうなのじゃ　オーレリアとギルは妾の……〉

「それではクリュスタルム様、ロストロイ夫人を巫女姫として本国へお連れしてはいかがでしょうか？　大神殿で皆で暮らすのはきっととても楽しいですよ」

〈…………〉

アドリアンのその言葉に、水晶玉の中央の靄《もや》が反応した。

光が弱まり、靄が消えそうなほど少なくなり――、再び強く発光する。

〈オーレリアは妾の巫女姫にはしないのじゃ！　オーレリアとギルは妾の一生の友達じゃ！　友達は対等な存在であって　世話をしてもらう相手ではないのじゃ！〉

クリュスタルムはキッパリとそう言い切った。

ロストロイ夫人はアッシュグレーの瞳を柔らかく細め、微笑む。

「私を君の一生の友達にしてくれてありがとう、クリュスタルム。とても光栄だよ」

〈オーレリアにとっても　妾は一生の友達足りえるじゃろうか？〉

「もちろん。クリュスタルムと過ごした時間は、私にとっても、とてもかけがえのない時間だったよ」

〈そうか　それなら良かったのじゃ〉

目の前で繰り広げられる友情の一幕に、アドリアンは絶句《ぜっく》した。

クリュスタルムからの力添えは期待出来ず、このままでは唯一《ゆいいつ》の巫女姫候補を指をくわえて見逃さなければならない。

(何か他に手札は……)

その時、アドリアンの視界に配下の者が持っている一つの箱が映った。

アドリアンの指示でいつでも出せるようにと、運んできてくれたらしい。

(そうだ。まだあの魔道具があったではないか……)

アドリアンは自分から配下の者に近づくと、その箱を開け、中に鎮座する魔道具を手に取る。

魔道具『天空神の腕輪《てんくうしんのうでわ》』。

トルスマン大神殿が崇《あが》める天空神の名が冠された、美しい魔道具である。

リドギア王国を始めとした大陸各国では、大神様などと言ってここ数百年ほど別の神を最高神として崇めているが。それ以前は天空神こそが最高神として崇めていた時代があったのである。

トルスマン皇国だけが天空神を崇める心を失わず、他をすべて邪教徒として憎み、自らの宗派を守り続けてきたのだ。

さて、偉大な天空神の名を冠した腕輪型の魔道具が目の前にある。

ミスリルと虹神秘石《にじしんぴせき》から作られ、ミスリル部分には複雑な魔術式が模様のように浮かんで、キラキラと光り輝いていた。ただの腕輪としても実に美しい品である。

この『天空神の腕輪』は魔術師の能力を増強させる効果があるとのことだが、それ以外の者が持っていても無意味らしく、以前アドリアンが興味本位で腕輪をはめたときには体調不良を引き起こした。宝飾品としても美しかっただけに、かなり残念だった。

それきりしまい込んでいた物だが、魔術師のロストロイ夫人ならこの魔道具が取引材料になるかもしれない。

「……ロストロイ夫人」

アドリアンは内心の焦りをひた隠し、作り笑顔を浮かべてみせる。

夫人はきょとんとした表情で、アドリアンを見上げた。

▽

夜会の途中でクラウス君にトルスマン大神殿の人と別室で喋ろうって誘われた時は、そんなに乗り気じゃなかったけれど。けっこう楽しい飲み会で良かったなぁ。

『サラマンダーの息吹』っていうトルスマン皇国のお酒を知ることが出来ただけでも、参加した価値が十分にあった。

これ、以前ギルと一緒に行ったお酒の卸問屋《おろしどんや》でも手に入るのかな？　調べたいから空きボトルを持って帰ってもいいかなぁ？

私がそんなことを考えていると、アドリアン大祭司が「……ロストロイ夫人」と私の名前を呼んで近づいてきた。

最初に会った時は、この大祭司の笑顔が胡散臭《うさんくさ》いな〜って思っていたのだけれど。

こんなに美味しいお酒を飲ませてくれたおじいちゃんに、私はなんて失礼なことを思ってしまったんだろう。ごめんよ。

でも、やっぱりどこか胡散臭い笑みを浮かべたアドリアン大祭司が、手に何かを持って運んで来る。

「クラウスから、ロストロイ夫人は魔術を扱えるとお聞きしました。実に素晴らしい才能ですねぇ」

「いえいえ、そんな」

大なり小なり爆破して吹っ飛ばすくらいしか能はないのですが、『超・大天才、世界最強の魔術師オーレリア』とか、たくさん褒めてくださっても全然大丈夫ですよ。

「お近づきの印に、こちらの魔道具を差し上げましょう」

「へ？」

「ああ、もちろん下心は決してありませんよ？　ミスリル製の腕輪で、非常に貴重な品なのですが。制作した魔術師たちはすでに亡くなっているのでね。そんな世界に一つしかない魔道具なのですが、クリュスタルム様を宝物殿から回収してくださったロストロイ夫人にならば、涙を呑んでお譲《ゆず》りしても構いません！」

えぇぇー……。

そんなに貴重な魔道具なら、自分で保管した方がいいんじゃない？　貰《もら》った方が気後れしちゃ

「いえ、そんなに凄い物は頂けませんよ」

「いいのです、いいのです！　ロストロイ夫人の為ならば！　どうぞ貰ってください！　我々大神殿に気兼ねなく！」

「いやいや、めちゃくちゃ気兼ねしますから」

首を横に振る私に、アドリアン大祭司は銀色の腕輪を近づけてくる。

確かにこの金属の光り方はミスリルだ。そして真ん中で輝いているのは、たぶん、大粒の虹神秘石だろう。

虹神秘石は一つの石の中に七つの色が混ざり合っている鉱石で、不思議な魔力を帯びる性質がある。私も実物を見るのは初めてだ。

その二つの材料だけでもとても貴重だけれど、さらにそこに魔術式が繊細なレースのように組み込まれて、輝いていた。

……あれ。

だけれど、この腕輪、なんだかとても変だ。

ただでさえ複雑な魔術式を、これでもかという程に重ね掛けしているから、弊害《へいがい》が起こっている。魔術式同士の相性が悪くて効果が消滅したり、逆に増幅し過ぎたり、反発してぐちゃぐちゃになっている箇所まである。

これは魔道具としては欠陥品《けっかんひん》だ。使い物にならない。

「アドリアン大祭司様、この魔道具を一体どこで……」

「さぁ！　一度はめてみてください、ロストロイ夫人！　装飾具としても実に美しい魔道具ですよ！」

アドリアン大祭司は私の話を聞かず、押し売りの強い八百屋《やおや》のおじさんのような勢いで私の右腕にスポッと魔道具をはめた。

そして、私の魔力が大暴走を始めた。

第五章 ◆ 魔道具『天空神の腕輪』

アドリアン大祭司《だいさいし》の考えでは、こうなるはずだった。

一点物の貴重な魔道具《まどうぐ》をロストロイ夫人《ふじん》に贈り、

「こんなに素晴《すば》らしい品をタダで頂くだなんて申し訳ないですわ♡　お礼に大神殿の方々のお役に立つようなことがしたいですわ♡」

と、夫人の良心を動かすつもりだった。

貴族夫人など優しくしてやればチョロいものなのだ。

そこですかさず、

「では、クリュスタルム様の巫女姫《みこひめ》になっていただきたい！」

と、アドリアンは要求する気満々だった。

だが、目の前の現実はどうだろう。

『天空神《てんくうしん》の腕輪《うでわ》』をはめたロストロイ夫人はソファーから崩《くず》れ落ち、真《ま》っ青《さお》な顔色で床に倒れている。

そしてロストロイ夫人の全身から、体内に留めておくことが出来なくなった魔力が火花をバチバチと散らしながら放出されていた。

火花自体は蠟燭《ろうそく》の火よりも小さいのに、絨毯《じゅうたん》や床、テーブルやソファーなどに触れた途端、バンッ！　と激しい音を立てて爆破を起こしていく。見た目以上に凶悪な力だった。

（一体なんなのだ、この状況は……⁉　あの男、この魔道具は唯一《ゆいいつ》の成功品だと言っておったくせに、危険な魔力暴走を引き起こしているではないか⁉　こんなものはただの粗悪品《そあくひん》だ……）

アドリアンはガタガタと震えた。

これではロストロイ夫人を巫女姫として本国へ連れて行くことなど出来るはずがない。

それどころか戦勝国の貴族に危害を加えたことを理由に、リドギア王国の国王から大祭司の位を剝奪《はくだつ》されてしまう。もしかすると剝奪だけでは済まず、処刑もあり得るかもしれない。リドギア王は戦争推進派だったアドリアンのことを、昔から排除したがっていた。

「うわぁ……。なにこの腕輪、外れないじゃん……」

ロストロイ夫人は魔力暴走によって体調不良を引き起こされている体をなんとか動かし、右腕からミスリルの腕輪を抜こうとした。だが腕輪はまるで呪《のろ》いが掛かったように外れない。

周囲ではクリュスタルムが〈大丈夫なのか⁉　オーレリア⁉〉と叫び、アドリアンの配下の者たちも予想外の事態に右往左往《うおうさおう》している。

アドリアン大祭司はただあんぐりと口を開けて、目の前の悪夢を見つめていた。

〈アドリアン‼　これは一体どういうことなのじゃ⁉　おぬしがオーレリアにはめたあの腕輪は何なのじゃ⁉　答えよ‼　アドリアン‼〉

「い、いいえ、あの、クリュスタルム様、私は……、まさか『天空神の腕輪』が、このような粗悪品だとはまったく知らず……」

　クリュスタルムから問い詰められ、アドリアンは言葉を濁《にご》す。

　あの魔道具の入手経路を聞かれたら非常にまずいことは分かっている。魔術兵団が戦時中に開発した魔道具を隠し続けていたというだけで大問題だった。

　しどろもどろになるアドリアンに追い打ちをかけたのは、ロストロイ夫人の傍《そば》でべそべそ泣いているクラウスだった。

「うわぁーん!!　オーレリアさん、大丈夫ですか⁉　クリュスタルム様ぁ、アドリアン様が、『終戦の頃に、魔術兵団幹部の一人が私に渡してきた魔道具なのだが』って、前におっしゃっていました！」

「こ、この、クラウスよ……！」

「あと、あとっ、『魔術師の能力を増強させる効果がある』っておっしゃってました！　それがこんなに酷い物だったなんて！　アドリアン様、あんまりですようっ……!!」

〈この大馬鹿者！　アドリアンめっ！　妾《わらわ》の友を傷付けおったな！　赦《ゆる》さぬ！　赦さぬのじゃ！〉

〈アドリアンを我が妹の敵と認定した　貴様に大祭司の位に立つ資格はない　用済みだ〉

「そんな、クリュスタルム様、アウリュム様！　私はこの魔道具が粗悪品だとは知らなかったのですぞ⁉」

〈そもそもオーレリアの爆破魔術を強化したら　この大陸は火の海じゃ!!〉

「爆破魔術とは一体⁉」

〈オーレリアは魔術師といえども　爆破魔術しか使えぬ！〉

「はぁぁぁっ⁉」

ロストロイ夫人は「あー、もう……」と遠い目をした後、部屋の中にいる人々に声を掛けた。

「クリュスタルムとアウリュムを連れて、全員部屋から退避《たいひ》っ‼　あとクラウス君、ギルを呼んできて‼　私の旦那《だんな》‼」

「え、えぇっ⁉　オーレリアさん、一人で大丈夫なんですか⁉」

「どうにか持ち堪《こた》えるから、早くギルを呼んできて‼」

「ひゃっ、ひゃいっ‼　わかりましたっ‼」

クラウスがクリュスタルムとアウリュムを抱え、廊下へと飛び出していく。

その姿を見た他の祭司たちも、慌てて部屋から退室し始めた。

（に、逃げなければ……！　この部屋から逃げるだけでは駄目《だめ》だ。本国の大神殿まで逃げなければ。クリュスタルム様より先に戻り、大神殿の隠し財宝を運び出さなければならん。リドギア王国軍もきっと追って来るだろうから、大神殿の兵士に命じて戦わせよう。信者たちを肉の盾《たて》にして時間を稼ごう。その隙に財産を運び出し、少数の配下と共に隠れ家へと……）

配下の者に促され、アドリアン大祭司もなんとか足を動かし始める。

「アドリアン大祭司」

逃げる算段をしながら退室しようとしたアドリアンに、ロストロイ夫人が床から声を掛けてきた。

夫人は大量の脂汗《あぶらあせ》を流し、ぜぇぜぇと息を荒くしている。

彼女からまた魔力が迸《ほとばし》り、バチッと散った火花が壁を爆破して巨大な穴が開いた。

真っ黒に焦げた穴を見て、アドリアンは「ヒィッ」と息をのむ。

「アドリアン大祭司、この魔道具のことは、あとでリドギア王国が尋問するから覚悟しておいて。でも、今はさっさと退避。私は『守る』こと以外の理由では、人殺しなんてしたくないんだ」

ロストロイ夫人のアッシュグレーの瞳《ひとみ》は、なぜか歴戦の兵士のように苛烈《かれつ》だった。思わずアドリアンの背筋《せすじ》を凍らせるほどに。

（ただの貴族夫人のくせに何なのだ、この女は⁉）

恐怖と焦燥と苛立ちを抱え、アドリアンは部屋から逃げ出した。

▽

クラウスはクリュスタルムとアウリュムを抱え、廊下をひた走る。

ギル・ロストロイ魔術伯爵を連れて来るように、というオーレリアの指示に従うために、とりあえず夜会会場へと向かっていた。

「でも、ロストロイ魔術伯爵様は夜会会場にいらっしゃるかなぁ？　最初はオーレリアさんと一緒に夜会へやって来たのに、途中からいなくなっちゃったみたいだったし……。新妻《にいづま》のオーレリアさんを会場でひとりぼっちにするなんて、伯爵様はとってもひどいよ……。そんな御方《おかた》が本当にオーレリアさんの力になってくださるのかなぁ？　前にお会いした時も、とっても怖かったし……」

ぶつぶつと呟《つぶや》くクラウスの言葉に、彼の腕の中からクリュスタルムが返事をする。

〈ギルは初心《うぶ》じゃから　今宵《こよい》のオーレリアの艶《あで》やかな装いに耐え切れず逃げたのじゃ〉

「……はぇ？」

あの冷徹な雰囲気《ふんいき》の魔術伯爵には似合わない言葉を聞いたような気がして、クラウスは呆けた声を出してしまう。

初心だとか逃げただとか、聞き間違いだったかな？　と自身の耳を疑うクラウスに、クリュスタルムは追い打ちをかけるように話を続けた。

〈あやつは妾がおるせいでオーレリアと結ばれることが出来ないといつも怒っておるが　正直妾がいなくても　ギルは生息子のままだったと思うのじゃ〉

「えぇぇ？」

〈ギルはオーレリアを好き過ぎて　三十を超えておるくせに思春期のような恋をしておるのじゃ〉

「えぇぇぇぇぇっ⁉」

クラウスにとっては衝撃の事実である。

思わず足が止まりそうになってしまった。

「お二人はただの政略結婚じゃなかったの⁉　フルーツパーラーでお話しした時も、あんなに冷たい人だったのに⁉　なのに、まさかの思春期の恋状態⁉　『一緒に寝るのも駄目みたいで』って、オーレリアさんが言ってたのって、冷遇じゃなくてそっちの意味⁉　好き過ぎて駄目ってこと⁉」

混乱するクラウスを、クリュスタルムは鼻で笑った。

〈なに阿呆《あほう》なことを言っておるのじゃクラウスよ　あのギルがオーレリアを冷遇するわけがなかろうが　よしんばギルがオーレリアを冷遇したとて　オーレリアはそんな待遇を許す女ではないのじゃ　あやつは『地位向上を要求しま〜す☆』とか言ってドカーンとやるはずじゃ〉

「そ、そうですよね……。オーレリアさんは強い人ですもんね……」

走っている最中だったが、クラウスは自分の愚《おろ》かさに頭を抱えたくなった。

オーレリアを籠絡《ろうらく》しろとアドリアン大祭司に言われた時に、もっと下調べをしておくべきだった。

そうすれば二人が愛し合う夫婦だということに、いずれ辿り着いただろう。

――いや、たとえ愛し合う夫婦ではなかったとしても。

国や民という大義名分があったとしても、誰かを離縁させようなどと画策してはいけなかったのだ。

そんなことは人の道理に反する。神に仕える祭司が行って良いことではなかった。

「あとでオーレリアさんにも、ロストロイ魔術伯爵様にも、謝らないといけないなぁ……」

力なく呟くクラウスに、クリュスタルムが〈一体なんの話なのじゃ？〉と尋ねた。

クラウスは自分の過ちと、アドリアン大祭司の計画を説明する。

すべてを知ったクリュスタルムは怒鳴り声をあげた。

〈たった百五十年留守にしておっただけで　妾の大神殿はなんと愚かな組織に成り下がってしまっ

たのじゃ！　呆れ果てて物も言えぬ！〉

「本当に申し訳ありません、クリュスタルム様……」

〈我がおりながら大神殿を腐敗させてしまってすまなかった　クリュスタルムよ〉

〈兄上は妾がおらぬと腑抜《ふぬ》けになってしまうから　仕方がないのじゃ！〉

〈我のことを許してくれるのか　妹よ〉

〈妾たちはたった二個の兄妹　兄上のことはすべて許すと決めておるのじゃ！　身内贔屓《みうちびいき》じゃ！〉

〈なんと兄妹愛に満ちた優しい妹だろう　お前の優しさに応えるために　これからは我も大神殿をきちんと監視しよう〉

〈うむ　妾たちで新しく最強の大神殿を作るのじゃ！〉

クリュスタルムは、暗い表情をするクラウスに話しかけた。

〈よいかクラウスよ　オーレリアとギルに己の過ちをきちんと説明し　謝罪をするのじゃ　二人が許すかは妾には分からぬが　ちゃんと誠意を見せるのじゃ〉

「はっ、はい！　もちろんです、クリュスタルム様！」

〈じゃが今は早くギルを探し出し　助けを求めることが急務じゃ！〉

「承知いたしました！」

クリュスタルムの言う通り、今は自分の過ちに気付いてくよくよしている場合ではない。一刻を争う場面だ。

今この瞬間も、オーレリアが『天空神の腕輪』によって、魔力暴走を起こしているのだ。

彼女自身の精神力でなんとか持ち堪えている状況だが、いつ爆破魔術が炸裂するか分からない。それがどれほどの規模の爆破を生むのか、想像さえつかなかった。

（ロストロイ魔術伯爵様はリドギア王国の魔術師団長だ。そしてオーレリアさんのことをちゃんと愛してくださっている。オーレリアさんを助ける方法を、絶対に見つけてくださるはずだ……！）

次の廊下の角をクラウスが曲がったところで、正面からドレスローブの裾《すそ》を翻《ひるがえ》しながら走ってくる男性の姿が目に飛び込んできた。

「あ、あれは……！」

〈ギルじゃな！　さすがはオーレリア公認ストーカーじゃ！　居場所を探知してこちらにやって来たのじゃな！〉

「えぇぇっ？　公認ストーカーってなんですか⁉　本当に大丈夫な人なんですか、ロストロイ魔術伯爵様って⁉」

そんな危険な名称を出されてしまうと、本当にオーレリアのことを任せていいのか心配になってしまうクラウスである。

しかしクリュスタルムはクラウスの心配など歯牙《しが》にもかけず、大声でロストロイ魔術伯爵を呼んだ。

〈おーいギルー‼　オーレリアの一大事じゃぞー‼〉

すると、地を這《は》うような低い怒鳴り声が返ってきた。

「この辺り一帯の魔力が激しく揺らいでいる状況だけでも大問題だが、その中心に妻に持たせたピアスの反応があるのは一体どういうことなんだっ!!!?　何が起こっているのか説明しろ、この災厄がぁぁぁ!!!!」

ロストロイ魔術伯爵は黒髪を振り乱しながら目の前までやって来ると、殺気《さっき》立った顔でクリュスタルムを鷲掴《わしづか》みにし、揺さぶった。

クリュスタルムは水晶玉《すいしょうだま》なので、はたから見ると、ロストロイ魔術伯爵が奇妙なダンスを踊っているように見えた。

（ひぇぇぇぇっ⁉　ロストロイ魔術伯爵様って、なんだか思っていたのと全然違う感じの人みたいぃぃぃぃ⁉）

冷静沈着という言葉が似合いそうな大人の男性に見えていたのだが。

自分には人を見抜く目が全く備わっていないらしい、とクラウスは涙目で思った。

▽

……あー、なにこれ。

すっごく頭が痛い。冷汗が出て、全身にゾクゾクとした悪寒《おかん》が走る。

吐き気がすごくて、床と熱い口付けをしている最中のはずなのに、天地が分からないほどぐるぐるする。

薄く目を開けたら、世界がぐにゃぐにゃだった。ありとあらゆる物の輪郭《りんかく》が溶けて見える。

魔道具『天空神の腕輪』――極限下の戦時中に魔術兵団で開発されたものかぁ。そりゃあ、碌《ろく》な品物じゃないよね。

勝つためなら何でもやらなくちゃいけない時代だったから、『魔術師の能力を増強させる』という聞こえの良い言葉の裏側に、『魔術師の大量破壊兵器化』という本当の目的が隠されていたのだろう。

こんな危険な魔道具を実用化されて先の戦争に投入されていたら、勝敗が変わっていたかもしれない。良かったぁ、失敗作で。

でも今の問題は、ギルが来るまで私がこの魔力暴走状態に耐えられるかどうかだな。

体の中で魔力が暴れまわっていて相当ヤバい。少しでも気を抜くと、魔術を発動してしまいそうになる。

通常なら魔術式を展開するというワンクッションがなければ、体内にある魔力は魔術として正しく発動されない。けれどこれほどの魔力暴走だと、術式が正しくなくても、体外へ放出された時点で強い力を生み出してしまう。現に漏れ出ている魔力がバチバチと音を立てて、周りにある物を爆破していた。

自分が爆破魔術特化型だということを、これほど悔やんだことはない。

これが植物魔術の得意なグラン団長だったら、放出されても綺麗な花吹雪《はなふぶき》で済んだかもしれないのになぁ。

ばーちゃんだったら結界魔術だろうな。

おひぃ先輩《せんぱい》なら水魔術が得意だったから、リドギア王国全土を水没《すいぼつ》させたかも？　ボブ先輩は闇魔術で国民全員を操ったり？　ジェンキンズなら風魔術で国を蹂躙《じゅうりん》し、おじいちゃん先輩なら土魔術で大地をボッコボコにしただろうなぁ。

……駄目じゃん。安全そうな人がグラン団長とばーちゃんしかいないぞ……。どういうことなんだ、魔術師団元上層部。

あぁ、早く来て、ギル。

腕輪ごと私の腕を吹っ飛ばしてもいいから、私の暴走を止めてほしい。

王城どころか、王都まで火の海にしてしまうかもしれない。

嫌だ。嫌だ……。国を守るという理由があった戦争でさえ、あんなに嫌だったのに、魔力暴走で殺人鬼《さつじんき》になることだけは、本当に嫌だ……。

ギル、ギル、たすけてよ……。

私がギルのことを強く想った、その時――目の前が急に明るく光った。

あまりの眩《まばゆ》さに目を細める。光は徐々に小さくなり、その中心から、懐《なつ》かしくて賑《にぎ》やかで、絶対に忘れることなどありえない声が聞こえてきた。

『まぁ、さすがは魔術師団上層部最弱のバーベナですの。相変わらず無様《ぶざま》な姿ですの』

『いや、今はバーベナではなくオーレリアだよ。上層部最弱は否定しないけれど』

『まったく世話の焼ける孫娘ですこと』

嘘でしょう!!!? なんか、ギルじゃないのが登場してきたんですけれどぉぉぉっ!!!?

嫁のピンチに旦那が格好良く現れる展開じゃないんですか、ここはっ!!!?

瀕死《ひんし》の私の前に現れたのは、ヴァルハラで楽しく暮らしているはずの元魔術師団員三人だ。

青銀色《せいぎんしょく》の縦ロールを靡《なび》かせた〝水龍《すいりゅう》の姫《ひめ》〟こと、おひぃ先輩がツンと澄ました表情で私を見下ろしている。魔術師団のローブの下には生前と同じようにお嬢様ドレスを着用していた。

同期のジェンキンズは肩までの長さがある金色の髪を三つ編みハーフアップに結い、面倒くさそうな表情を浮かべて両腕を組んでいる。

そしてリドギア王国歴代最強の魔術師団長と呼ばれたリザばーちゃんが、トレードマークの艶々《つやつや》の革《かわ》のブーツを履《は》いて仁王立《におうだ》ちしていた。

三人とも、半透明に光る幽霊《ゆうれい》の姿で。

「えぇぇぇ……！　どういうことぉぉ……!?」

魔力暴走で体調最悪、ヨレヨレのぐるんぐるん状態の私だったが、今の自分に出せる一番大きな声で驚愕《きょうがく》を表した。

しかし、すぐに吐き気が増してくる。うぇぇぇ。吐き気ばかり増していくのに、吐き方が全然分からなくて気持ち悪い。いっそ、一思いに吐きたい。

二日酔いは一度も経験したことがないけれど、こんな感じなんだろうか。おぇっ。

余裕がなくてボロボロの私に対し、おひぃ先輩はニッコニコの笑みを浮かべた。

おひぃ先輩って床から見上げても美人だよなぁ。思わず現実逃避してしまう私に、彼女は意気《いき》揚々《ようよう》と話しかけてきた。

『オーレリア、よーっく、お聞きなさい！　わたくしたち三人は、ヴァルハラの守護霊検定試験に受かりましたの！　ちなみに、わたくしは二級なんですのっ！』

「おひぃ先輩、私、ほんとに真面目に真剣にこれ以上なく瀕死なんで……、おえっ、……手短にぃ、説明は手短におねがいしますぅ……！」

『まったく。その程度で瀕死だなんて。だから貴女《あなた》は本当に最弱ですの』

「私より先に死んだ人には言われたくないんですよぉぉぉ……！　おぇぇぇぇっ」

吐き気に苦しんでいる私を見下ろし、おひぃ先輩はやれやれと言うように肩をすくめると、謎の守護霊検定について説明し始めた。

『リザ元団長が以前からとても悩んでおられましたの。何の対策もせずに貴女に会いに行くと、貴女の脆《もろ》い魂を生より死の方へ招いてしまうと。それで貴女に害が及《およ》ばないように枕元に立つためにはどうすればよいのか、皆でヴァルハラの大神様のもとへ相談に行ったのですの』

そういえば、ばーちゃんに最後に会ったのって、ラジヴィウ遺跡《いせき》に向かう前だったっけ？

ばーちゃんが別れ際に、『……それにもしかすると、貴女と会う方法が他にあるかもしれませんし』とか言っていたような気がする。

あの後、死者の国へ落っこちたり、クリュスタルムが居候になったり、お墓参りに行ったり、チルトン領へ里帰りしたりで、すっかり忘れていた。

『大神様は快く方法を教えてくださったんですの。〝ヴァルハラの館認定・守護霊検定〟の資格を取れば良いと！』

おひぃ先輩は両手を腰に当て、得意そうに胸を反らして言った。

「それで二級まで受かったんですか？　……うっぷ」

『ええ、そうですの！　さすがはわたくしですの！』

『私はすでに特級だけれどね。フンッ』

『おばあちゃんは準一級ですよ』

へぇー。守護霊にもいろいろと階級があるんですね。

「他の皆はどうしたんですか？　ボブ先輩とか、おぇっ」

『ボブはまだ四級で、地上に降りることは許可されておりませんの』

『おじいちゃん先輩は試験を五回受けて、五回とも落ちたよ』

『グランはまだ試験勉強の最中で、一度も受験しておりません』

皆、めっちゃヴァルハラ生活を謳歌《おうか》しているじゃん？

羨まし……、じゃなくって！

「あのですね、皆さん。私オーレリアはですね、貴方《あなた》たちのことが大好きすぎて思い出にも出来ないから、もうヴァルハラへ行くまでは一旦お別れするって一世一代の大決心をして、英霊の廟所《びょうしょ》まで墓参りに行ったんですよぉ……！　おぇぇぇ……」

あのままだと、ギルと一緒に現世を楽しく生きられないと思って。本当に胸を痛めながら決めたんですよ。

それなのにどうして、そっちからホイホイ来ちゃうんですかね？

『貴女の一世一代の大決心など、わたくしたちにはどうでもいいんですの！』

再度ビシッと決めポーズを取るおひぃ先輩に、私は頭を抱えた。

そっかー!! 私の決心など、先輩方には何も響かないんですねぇー!!!!

つらい。下っ端は実につらいよ。

『バーベナごときに、わたくしたちとの別れを決める権利などありませんの！ だって貴女はわたくしの後輩！ 爆破魔術しか使えないすっとこどっこいで、わたくしたちの中で最弱、みそっかす、面汚《つらよご》しですの！』

「わぁ……。おひぃ先輩、それ、戦後の今だとパワハラで訴えられちゃうから、止めたほうがいいですよ」

『勝手に別れを決めた貴女が悪いのですの！ バーベナのくせに生意気ですの！』

「今はオーレリアです〜」

『先輩命令ですの、オーレリア！ 貴女から別れを切り出すのは許しませんの！』

「先にそっちが死んだんじゃないですか……！ ううっ、今度は頭痛の大波が……」

相変わらず上下関係に厳しくて、下っ端の意見なんてまともに聞いてくれない。私だって悩んで苦しんで出した結論だというのに、先輩たちはそれを嘲笑《あざわら》うように吹っ飛ばして、地上まで手を差し伸べてくる。まったく酷い。まったく敵わない。

……私がヴァルハラへ行くまでは、皆に会えないと思っていた。また会えるのは何十年も先だと思っていた。

皆が守護霊になってまで、私に会いに来てくれたことが嬉《うれ》しい。

口では適当なことを言っているけれど、皆も私とあと何十年も会えないことが寂しくて行動してくれたことが伝わってくる。

会いたいと願ったことが私からの一方通行ではなくて、皆も同じ気持ちでいてくれたことが、本当に嬉しくてたまらなかった。

『オーレリア、よくお聞きなさい。私たちが守護霊として出来ることには限りがあります。決して万能ではありません』

ばーちゃんが厳《おごそ》かな声で話し始める。

『私たち守護霊は、守護する者を危険から守り、命の危機の際には奇跡を起こすことが可能です』

「えぇ～と、それはつまり……？」

床で瀕死のまま首を傾げる私に、三人はそれぞれ楽しげな笑みを浮かべた。

『オーレリアが王都を火の海にしようとも、わたくしたちが奇跡を起こして止められるということですの！』

『つまり君はいつも通りドカンドカンとやればいい。君の爆破魔術ごとき、私の風魔術で吹き消してあげるよ』

『おばあちゃんは国民を守るために、大規模結界を張りましょう』

私の守護霊ズ、とてつもなく頼もしい……っ!!!!

チュッッドォォォーーーッツン!!!!


なんか、いつもとは違う感じの爆発音が魔術式から放たれていく。

自分の魔術ながら、正直すごく恐ろしい。こんな音、初めて聞いたよ……。

なんとか具合の悪い体で窓際に辿り着き、人への被害を出さないように空中に向かって爆破魔術を放ってみた。

だけれど、ばーちゃんは結界魔術を展開するのに時間が掛かってしまい、私のいた部屋が爆風で吹き飛んだ。周辺も瓦礫《がれき》まみれだ。

これがトルスマン皇国《こうこく》魔術兵団が戦時中に開発した遺物の威力か……。クリュスタルムたちを避難させておいて本当に良かった。

私が放った大規模爆破魔術は空を駆け上り、月へと向かって行く。

このままでは月が破壊され、月見酒《つきみざけ》を楽しむ時間が永遠に失われてしまう……というタイミングで、巨大な水龍が横から爆破魔術にぶつかった。

空中に白く浮かんでいるおひぃ先輩が、上空に向かって杖《つえ》を構えていた。展開された魔術式から水で出来た龍が生まれ、まるで生きているかのように悠々《ゆうゆう》と夜空を泳ぐ。

おひぃ先輩はさらに魔術式を展開させ、何十匹もの水龍を操っては爆破魔術に突撃させていく。

『そんな水魔術じゃ遅すぎるよ、おひぃ先輩』

金糸のような髪を揺らしながらジェンキンズが風魔術を発動させた。発動された風は激しい渦を巻き、その先端はまるで槍《やり》のように鋭《するど》く尖《とが》る。

ジェンキンズの風魔術はおひぃ先輩の水龍たちとともに、爆破魔術を破壊しようと突き進む。しかし結果は今一つで、私の爆破魔術を完全に消し去ることは出来ない。

『ジェンキンズ!!　わたくしの水龍たちの動きに、ちゃんとぴったりと合わせるのですの!!』

『おひぃ先輩こそ、私の暴風の槍に振り落とされないでよね。この馬鹿の爆破魔術、威力だけは本当に厄介《やっかい》なんだから』

『そこは同意ですの!!』

おひぃ先輩とジェンキンズが協力して合体技を行おうとしているのか、協力して私をボロクソ言いたいのかよく分からない状況の間にも、ばーちゃんは淡々と大規模結界魔術を完成させていた。

地上と夜空の間に、オーロラのように輝く結界魔術の膜《まく》が広がっていた。

あまりに綺麗な光景に、思わず「わぁっ!」っと歓声《かんせい》が零《こぼ》れてしまう。ばーちゃんが存命《ぞんめい》だった頃はこの光景が国境沿いに広がっていたことを思い出し、懐かしさに胸の奥が熱くなった。

ばーちゃんは頼もしい笑顔を浮かべて、おひぃ先輩とジェンキンズに声を掛ける。

『地上は私が守ります。ですからお二人とも、存分に暴れなさい』

歴代最強の魔術師団長の名は、今も健在のようだ。

途端に、おひぃ先輩とジェンキンズがうちのばーちゃんに尊敬のまなざしを向ける。

『さすがはリザ元団長ですの！』

『ねぇ、君って本当にリザ元団長の孫娘だったわけ？　どこからこんなに馬鹿に育ったの？』

「実に遺憾だ、ジェンキンズ。この私こそが入団試験の筆記問題で、ぶっちぎりのトップだったことを忘れたんですかね？」

ばーちゃんという精神的支柱を得て、勢いに乗ったおひぃ先輩とジェンキンズが、ついに合体技を完成させた。

暴風雨と呼ぶには強大過ぎる魔術が、私の凶悪な爆破魔術を打ち消した。

その衝撃波がドォン……！　と周囲に広がったが、ばーちゃんが張った大規模結界魔術のおかげで、リドギア王国に影響が出ることはなかった。

皆のおかげで、なんとか一発目をうまく処理することが出来た。

「じゃあ次、二発目を放ちまーす！」

『どんとこいですのっ！』

『フン、瞬殺してあげるよ』

『オーレリア、あまりひとさまの迷惑にならない方向に打ち上げるのですよ』

私は三人の力に安心して、次々に爆破魔術を上空へと打ち上げた。

爆破魔術を放てば放つほど、体の中で行き場を失って暴れていた魔力が落ち着いていく。頭痛や吐き気が弱まってきて、体調もずいぶん良くなってきた。

けれど一向に魔力が減る気配がない。

魔道具の影響で、魔力が無尽蔵《むじんぞう》に生産されている感じだ。

かつてのトルスマン皇国魔術兵団は、魔術師を大量兵器化するだけに止まらず、死ぬまで戦わせるつもりだったのだろうか？　それとも偶然の産物か？　魔術兵団の思惑《おもわく》はもう分からないが、実に厄介な状況になってしまった。

しばらくすると、連続する大規模爆破魔術を抑えるごとに、おひぃ先輩やジェンキンズの方が疲れた表情を浮かべるようになってきた。

『しかし、これはいつ頃終わる予定ですの？』

『この馬鹿は魔力体力気力が無駄に底なしだからね』

『このままでは私たちの奇跡の力の方が、先に枯渇《こかつ》するかもしれませんね。困りましたわ』

「すいません、あの、これ、もしかすると私が死ぬまで爆破魔術を使い続けないと、魔力が止まらないかもしれない気がするんですけれどぉ〜」

私が右腕にはまった『天空神の腕輪』を見せながら、今まで考えていた仮説を話す。

ばーちゃんは「まぁ……！」とショックを受け、おひぃ先輩は顔をしかめ、ジェンキンズは激しい舌打ちをしてこちらを睨んだ。

おいジェンキンズ、この腕輪に関しては私のせいじゃないのに、舌打ちはあんまりだろ？　そういうところだぞ。顔が良くて国家魔術師だったくせにモテなかったのは。ヴァルハラではどうなのか知らないけれど。

『まったく!!　なんて世話の焼ける後輩ですの!?　わたくしたちは現状の魔術式の展開で手一杯で

すのよ⁉　貴女の魔力が底をつけば、その『天空神の腕輪』とかいう魔道具も停止すると思っておりましたのに‼』

『もういいよ。君はこのまま魔力暴走で死んで、私と一緒にヴァルハラへ来ればいい。そうすればクソガキとの結婚もなかったことになる』

『おばあちゃんは曾孫《ひまご》の顔が見たいので、ジェンキンズの意見には反対です！』

「ごめんね、ばーちゃん。ギルがもうちょっと大人にならないと、曾孫は無理ですね」

『まぁ、オーレリア。三十二歳のおっさん相手に何を言ってるんですの？』

『ハハハッ‼　ギル・ロストロイ、ザマァァァァッ‼』

うちの三十二歳児の話はさておき。

これ、本当に厄介な魔道具だなぁ。

どうしよう……。

▽

時間を少しさかのぼる。

アドリアン大祭司は配下の祭司たちを連れて、王城の中庭を進んでいた。

トルスマン皇国から乗ってきた大神殿の馬車は、客人用の馬車止めに置いてある。連れてきた馬は王城の馬房《ばぼう》で世話を受けているはずだった。御者《ぎょしゃ》は馬の世話をしているだろう。

そう考えたアドリアンは中庭を横切り、敷地の外れにある馬房へと急いでいた。

「まさか、こんなことになるとは……！　クラウスのやつ、裏切りおって！　それにクリュスタルム様があそこまでリドギアの女に肩入れするとは、想定外だ！」

アドリアンが悪態を吐くと、他の祭司たちが詰め寄ってくる。

「アドリアン大祭司様、我々はこれからどうするのですか⁉」

「クリュスタルム様にそっぽを向かれてしまっては、我々の大神殿での地位はなくなってしまいますぞ⁉」

「リドギア王にこの件がバレるのは、もはや時間の問題です‼　このままではあの野蛮な王に、我々の大神殿を蹂躙されてしまうのでは……！」

アドリアン大祭司は、詰め寄ってくる祭司たちに「ええいっ、五月蠅《うるさ》い！」と手を振った。

「纏わりついてくるな！　だから今から急いで本国へ帰国するのだ‼　そして大神殿の隠し財宝を持ち出し、一度隠れ家へと身を潜める‼」

「それでは大神殿はどうなるのですか⁉　多くの信者たちは⁉」

「今はそのようなことを言っている場合では……」

アドリアンの配下につく者たちの思惑は様々だった。

アドリアンを大祭司としてただ崇拝している者から、大神殿の権力に味を占めている者、邪教徒を憎む過激な者など。

それゆえ中心のアドリアンが揺らげば統率は取れず、その場で足を止めて、醜い詰《なじ》り合いに発展してしまう。

互いを詰り合う言葉が飛び交い、誰かがアドリアンの胸倉を掴もうとした――その時。

チュッッドォォォーーーーッッン!!!!

この世のものとは思えない轟音が、王城の中庭に、いや、王都やその周辺の町や村にまで轟《とどろ》いた。

あまりの音量に耳の奥がキーンと鳴って、一時、周囲の音が聞こえなくなる。

耳を押さえるアドリアンたちの元へ、城の壁の一部と思われる瓦礫がどんどん降ってきた。

「なんだ、これは⁉」

「この瓦礫、先程まで我々がいた部屋の一部じゃないか⁉　壁紙がそっくりだぞ⁉」

「ロストロイ夫人が爆破して、その影響で吹っ飛んできたのか⁉」

次々と吹き飛んでくる瓦礫から身を守るため、アドリアンたちは懸命に避けた。

そして気が付いた時には、瓦礫がアドリアンたちの四方を壁のように覆い、天然の檻《おり》が完成してしまっていた。

これでは出るに出られない。

天井部分は開いていて夜空が見えているが、自分の背丈の何倍もの高さがある瓦礫をよじ登って脱出するだけの身体能力を持つ者など、この場には一人もいなかった。

「なんということだ……」

アドリアンはその場に膝をつき、

「化け物か、あの女は⁉　だから邪教徒など大嫌いなんだ‼」

と叫ぶと。

……がっくりと項垂れた。

▽

「うっ、うっ、うっ……！」

「泣かないでください、鬱陶《うっとう》しいので。ちょっと頭を杖で突いただけでしょう」

泣きながら隣を走るクラウス祭司を、僕はじろりと睨みつける。たったそれだけで彼は「うひゃあ！」っと縮み上がった。胆《きも》の小さな少年だ。

「しゅ、しゅみませんん……！　で、でもっ、以前オーレリアさんの爆破に巻き込まれて出来たタンコブのところを、的確にザクっと突っつかれたので……っ！」

「ハッ。その程度の痛みで済んで良かったではありませんか。僕とオーレリアを離縁させ、あの人を巫女姫にしようと画策していたなどと言われてはね。大人の対応を見せるのは無理というものですよ。互いに深く愛し合う僕らを引き離すだなんて、そんなことはヴァルハラの大神様でさえ許されるはずがないのです。まったく……」

部下のブラッドリーと『霧の森』に関する話を進めていると、魔力の激しい揺らぎを感じた。とっさにオーレリアの居場所を確認すれば、まさしく問題が起こっているその中心に反応がある。

ブラッドリーに魔術師団で残業をしている団員を呼んでくるよう指示を出したが、すぐには集まらないだろう。とにかく僕自身が急いでオーレリアの元へ駆けつけねばならない。

オーレリアの反応がある方向へ走っている道中、クリュスタルムとアウリュム、そしてクラウス祭司と出会った。

クラウス祭司からオーレリアの身に起こった出来事と、そこに至るまでのトルスマン大神殿の企《くわだ》てを聞き、彼の頭を杖で一突きしたというわけである。

「というか、貴方はなぜ僕の妻の名を親しげに呼んでいるのですか？　いったい誰に許可を取って彼女の名前を呼んでるんです？　僕も爆破魔術は扱《あつか》えるのですよ。妻ほど素晴らしい使い手ではありませんが」

「ごっ、ごめんなしゃいいいい!!　俺を爆破しないでくださいぃぃぃ……っ！　きょ、許可はオーレリアさんご本人ですぅぅぅ！」

「……それならば仕方がありませんね。もう一回杖で突っつくだけで不問にいたしましょう」

「ぴぇぇぇぇん！」

僕はそう言ってクラウス祭司を脅したが、実際に行動に移すのは止めておいた。走りながらこの若造のタンコブを的確に狙える気がしなかったからだ。オーレリアなら、そういう曲芸じみたことも出来そうだが。

もちろん、トルスマン大神殿が僕とオーレリアを離縁させようとしていたことは腹立たしい。だが一番腹が立つのは、妻がこんなに危険な状況にいるというのに、いま彼女の傍にいない自分自身に対してだ。

そういえば最初はクラウス祭司の若さに嫉妬したり、警戒していたはずだったのに。オーレリアの美しすぎる体軀に心を乱され、そんな大事なことさえ忘れていたなんて……！　僕という奴は……！

〈おいギル！　何を黄昏《たそが》れておるのじゃ！　そんなことよりも外を見るのじゃ！〉

クリュスタルムの言葉に誘導され、僕は廊下の窓に視線を向ける。

もう何発目かも分からない大規模な爆破魔術が、ちょうど上空へと打ち上げられたところだった。

これほど巨大な魔術式を展開するには、通常は魔術用の杖を使用しなければならない。

爆破魔術に関しては右に出る者などいないオーレリアであっても、このレベルの爆破魔術は杖を使用しなければ無理だ。

けれどオーレリアは余程のことがなければ杖を持ち歩かない。杖を使わなくても小さな山くらいは吹っ飛ばせるので、必要がないのだ。

特に今日は国王陛下《へいか》主催の夜会だ。大規模爆破をする必要性などどこにもなかった。

それなのに、これほどの威力の爆破がすでに数回繰り返されている。

やはり、クラウス祭司が言っていた『戦時中にトルスマン皇国魔術兵団が開発した魔道具』とやらが原因なのだろう。

そもそも通常の杖ならば爆風に耐えられず、一発目の大規模爆破で吹っ飛んでいるはずだ。

クラウス祭司から、魔道具をはめられた途端にオーレリアが苦しみだした、という話を聞いている。クリュスタルムとアウリュムも目撃したと言っているので、嘘ではないだろう。

たぶん今、オーレリアの身には魔力暴走が起きている。

体の内側で魔力が過剰生産され、魔術として変換して外に放出しなければ、体がもたない状況なのだ。

複数の属性を操れる魔術師ならば周囲に被害のない魔術を放てばいいが、オーレリアに関しては爆破一択だ。周囲への被害は底知れない。

オーレリアには世界を破滅させたい願望などないので、きっと、ギリギリまで魔力暴走に耐えようとする。どれほど吐き気や頭痛などの症状に襲われても、歯を食いしばってこの国を守ろうとするだろう。

それが僕の知るオーレリアであり、バーベナだ。

だが、先程から何発もの爆破魔術が撃ち放たれている。

チュッッドォォォーーーッッン!!!!　と、けたたましい音とともに打ち上げられた爆破魔術は、そのまま月をも破壊しそうな勢いで昇っていく。

けれど、どこからともなく現れた、最上級水魔術と最上級風魔術の合わせ技によって、爆破の威力が相殺《そうさい》された。

その三つの大規模魔術がぶつかり合って生まれる衝撃波を、大規模結界魔術があっさりと跳ね返すのが見える。

「オーレリアが魔力暴走を起こしているのは分かるが、他の魔術は誰が展開しているんだ……？あれほどの魔術を扱える者なんて、もうリドギア王国には残っていないはず。トルスマン大神殿の随行者に魔術師が混じっていた可能性も低い。いったい誰なんだ？　まるでバーベナがいた頃の魔術師団上層部レベルだ……」

国に被害が出ていないのは有り難《あ　がた》いが、ここからでは状況が分からず、首をひねってしまう。

「あっ、ロストロイ魔術伯爵様！　こっちの瓦礫の隙間から、オーレリアさんのいる方へ行けそうですよ！」

〈ギル　ぼーっとするでない！　早くオーレリアを助けるのじゃ！〉

〈さぁ行こう　恩人よ〉

「……行けば分かるか」

僕は再び駆け出した。

▽

「おひぃ先輩～、ジェンキンズ～、いろいろ大丈夫ですか～？」

『天空神の腕輪』のせいで魔力底なし状態の私より、おひぃ先輩とジェンキンズの方が危なくなってきた。

二人とも守護霊という半透明の姿で夜空に浮かんでいるのに、ぐったりと四つん這いの体勢をして、ゼェゼェと荒い息を吐いている。

ばーちゃんはまだ余力のある表情で、大規模結界を維持しているが。

『なぜっ、こんなにヤバい娘にこんなヤバい魔道具を与えようと思ったんですの、トルスマン皇国の馬鹿どもは⁉』

『リドギア王国に負けた恨みから、魔王を生成したくなったとかじゃないの？　オーレリアをちょっと改造すれば魔王くらい作れるでしょ』

『そうですわね。きっと魔王が作りたかったんですのね。ジェンキンズ、貴方冴えておりますの』

「人を魔王扱いするのはやめてくださいよ～」

『魔王はお黙りなさい』

『魔王はこの世界から消えた方がいい。そして私と共にヴァルハラへ行こう』

「あんまりだろ」

茶番はともかく、現状打開の方法が思いつかない。

この腕輪は外そうとしても外れないし、ミスリル製だから破壊するためには私の右腕ごと吹っ飛ばす勢いの力が必要だろう。それは最終案だ。最終案と言いつつ、ここにいる魔術師全員が現状の魔術式の維持で限界なのだけれど。

うーむ。詰んでるぞ……。

悩む私たちの周囲には、最初の爆破で製造された瓦礫の山があった。その向こうから突然、足音が聞こえてくる。

「オーレリア!!」

「あ、ギル！　そういえばクラウス君にギルを呼んできてって頼んでたっけ。来てくれてありがとー！」

やばい。守護霊とかぬかす三人が現れたせいで、いろいろ忘れていた。

ギルは瓦礫の山から駆け降りると、私の元へとやって来る。

ギルはひどく焦った表情を浮かべ、私の全身に視線を向けた。そして「大きな怪我《けが》はないようですね」と呟くと、私の無事を両腕で実感しようとするように強く抱き締めてきた。

ずいぶん心配をかけてしまったようで、申し訳ない。けれどギルの腕の中で、私は緊張がほぐれるのを感じた。

おひぃ先輩たちが駆けつけてくれたお陰で挫《くじ》けずにいられたが、状況を打開する方法が見つからなくて焦っていたから。

自分からもギルの背中に両腕を回し、ぎゅうっと強く抱きつく。ギルの命の温かさが無性に恋しかった。

ギルは私から腕を放すと、真剣な表情で状況確認を始める。

「クリュスタルムやクラウス祭司から話は聞きました。魔力暴走はどのような塩梅ですか？」

「爆破魔術を撃ってる間は平気。でも魔道具の影響で魔力が無尽蔵に生成されて、私が死ぬまで止まらなそう。腕から外れないし」

「実に厄介ですね。魔道具を見せてください」

「てか、クリュスタルムたちは？」

「あの若造がこの程度の瓦礫の山でさえ登れないと言うので、置いてきました。そのうち迂回ルートを見つけるでしょう」

「そっか」

私がミスリルと虹神秘石で出来た腕輪を見せれば、ギルは地金に浮かびあがる魔術式を真剣な表情で読み始める。

私からも、すでに解読した部分を説明した。

「トルスマン皇国の魔術師は戦時中にこんな滅茶苦茶な魔術式を使っていたのか⁉」

「虹神秘石が上手いこと媒介作用をもたらしちゃってるんだと思う。誤作動の奇跡って感じだよね」

私がそう言えば、上空から、

『奇跡などという美しい表現は合いませんの。むしろ誤作動の悪夢ですの』

『誤作動の魔王でいいよ。おい魔王、さっさと死んでヴァルハラに帰るよ。まずは私の部屋を案内するから』

『隣国は私が若い頃から、魔術師の質はあまり良くはありませんでしたねぇ』

などと、ツッコミが返ってくる。

「そろそろ魔王から離れようよ」

しつこいなジェンキンズ、と思って上空に向かって私が言うと。

目の前にいるギルがきょとんとした表情を浮かべ、首を傾げた。

「どうしたのですか、オーレリア？　急に魔王などと、よく分からないことを」

「え？　皆と喋っていたんだけれど」

「皆とは？」

「えぇぇ⁉　ほら、おひぃ先輩とか、上空に浮かんでるじゃん⁉」

「元上層部の水龍の姫君ですか……？　いったいどこに？」

「ほらっ、あそこ！　半透明に光り輝いてるでしょ！」

「……見えませんが？」

ギルの目には本当に、三人の姿が見えないらしい。

「えええぇぇぇっっ⁉」

左手で三人を順番に指差してみたが、『守護霊を指差すのはやめなさいですの』と、おひぃ先輩に苦言を呈されるのみであった。

ばーちゃんが口を開く。

『オーレリア。守護霊は基本的に、生きている人間には見えないものなのですよ。貴女は死に近い魂を持っているため、特別に私たちの姿が見えるのです』

「そうなの、ばーちゃん⁉」

「え、リザ元団長もおられるのですか？　……貴女、また死者の国に引きずり込まれたりしませんよね？」

「守護霊だからそこらへんはクリアしたっぽいよ」

私はギルに守護霊の説明をした。

自分の目には見えない存在の話をされても信じてくれないかもしれないな、と思ったけれど、ギルはあっさりと「オーレリアが僕に嘘を吐くはずがありませんから」と信じた。

そういうところは、どんな状況でも揺るがない夫《おっと》である。

「それに、貴女が大規模爆破魔術を放っていたときに、非常に高度な水魔術式と風魔術式の合わせ技と、強力な結界魔術式が発動するのを目撃しましたし。あのレベルの魔術式を扱える者は、現在の魔術師団には僕以外おりません。元上層部たちが守護霊として現れたと聞いて、むしろ納得しました」

「そっかぁ」

「では、守護霊の情報も共有出来たところで、この魔道具の件に移りましょう」

「やっぱり私の右腕ごと切り落とす展開ですかね？　出来れば一思いに切り落としてください。シュパッと」

「何故、リドギア王国一の愛妻家であることを自負しているこの僕が、妻の右腕を切り落とさなければならないのですか……」

ギルは嫌そうに顔をしかめた後、「魔術式に介入して、式を書き換えます」と言った。

「魔術式が滅茶苦茶なので、オーレリアの身に被害がないように魔道具を破壊、もしくは強制停止するのは難しそうです。ですから魔道具に組み込まれた魔術式に介入し、魔力暴走を止めます。魔力暴走さえ止めてしまえば、この異常な威力の爆破魔術も、元の威力に戻るはずです」

魔術式の書き換えは繊細な技術と集中力が必要な行為だ。書き換える魔術式の属性が自分と相性がいいか、という問題もある。

私も爆破魔術なら書き換えることが出来るけれど、他の魔術式はてんで駄目だ。

どんな属性の魔術式でもそつなく扱える天才魔術師ギルだからこそ、この滅茶苦茶な魔術式に介入して書き換えることが可能なのだろう。私には出来ない芸当だ。

「僕を信じて任せてくださいますか？」

「もちろん！　めっちゃ信じてる。だからよろしく頼むよ、旦那様！」

私が笑みで返せば、ギルも柔らかく目を細め、微笑《ほほえ》んだ。

「では、始めましょう」

▽

「うひゃぁぁ〜、ここら辺まで瓦礫が飛んできてますね。地面がえぐれてるよぅ……。さすがはオーレリアさんだね……」

〈クラウスよ！　あの瓦礫の横はまだ歩きやすそうなのじゃ！〉

〈流石は我が妹だ　よく発見したね〉

「あ、本当ですね！　行き止まりじゃないといいんですけれど」

ロストロイ魔術伯爵のように瓦礫をよじ登ることが出来なかったクラウスは、国宝クリュスタルムとアウリュムを抱えていたこともあり、迂回路を探していた。

王城に滞在中に何度も訪れた美しい中庭は（オーレリアが噴水を破壊したので、その美しさが完璧だったとは言えなかったが）、今は瓦礫の雨に降られて、見るも無残な様子だった。

すでに退勤したはずの王城庭師が、どこからともなく中庭に現れた。

「おいこれ、衛兵たちが、城内に潜り込もうとしてきたテロ集団を捕まえようとした時より大惨事だぞ⁉」

「料理人たちが巨大フライヤーでクラーケンを揚げようとして、大爆発を起こした時より被害がデカいぞ⁉」

「侍女たちが最強の万能洗剤を作るとか言い出して、いろんな洗剤を混ぜて最終的に引火させた事件よりヤベェぞ⁉」

そう言って、庭師たちはそれぞれ頭を抱えた。

王城で働くのもいろいろと大変なんだなぁ、とクラウスは思った。

クラウスが瓦礫の隙間を縫うように進んでいくと、これまた大きな瓦礫の山が見えた。

瓦礫と瓦礫の間には大人の腕が一本通るくらいの隙間があり、中から騒ぐ声が聞こえてきた。

「そもそもアドリアン大祭司様が、あの女に変な魔道具を渡したのが……！」

「最初から反対だったのですよ、リドギアの女を巫女姫にしようなどと……！」

「五月蠅い五月蠅い!!　黙れ、黙らんかっ!!　私を誰だと思っておるのだ!!」

「こんなところで捕まってしまえば、大神殿内の階級など、もはや意味もないだろうが、くそジジィ!!」

どれもこれも聞き覚えのある声である。

クラウスがそ～っと瓦礫の山の中を覗《のぞ》き込むと、アドリアン大祭司とその配下の祭司たちの姿が、月明かりに照らし出されていた。

アドリアン大祭司たちは、互いに醜く言い争っているようである。

（うわぁぁ……。アドリアン様たちが瓦礫の中に閉じ込められちゃってる……。ど、どうしよう。お世話になった方たちだけれど、俺もアドリアン様たちも、オーレリアさんやロストロイ魔術伯爵様に悪いことをしちゃった罪人だし。助けるわけにはいかないよねぇ）

クラウスはすでに罰を受ける覚悟をしている。ロストロイ夫婦の気が済むまで地下牢にだって入るし、強制労働だって喜んでするつもりだ。だって己はそれだけの非道を行ったのだから。

そして同じように悪いことをしたアドリアン大祭司たちも、罰を受けるべきだとクラウスは考える。

だから大祭司たちを助け出してはいけない。

(そもそも俺には助けられないしね。こんなに巨大な瓦礫、一ミリだって動かせる気がしないです！)

そう結論付けたクラウスは、クリュスタルムたちを抱えたまま、そろりそろりと後ずさる。

すると、靴のかかとで小さな瓦礫を蹴とばしてしまった。

カツン……ッ！　と硬質な音が辺りに響く。

「そこに誰かいるのか⁉」

「クラウス！　クラウスじゃないか！」

「我々をここから出してくれ、クラウス‼　助けてくれ‼」

物音に気付いたアドリアン大祭司たちが騒ぎはじめ、瓦礫の隙間からぐいぐいと腕を伸ばしてくる。

彼らのその必死の形相にクラウスは慄《おのの》いた。

「うひゃぁぁ‼　ごめんなさいっ！　俺、皆さんのことは助けられないんです！」

「なんだとクラウス、我々を裏切る気か⁉」

「自分だけ逃げるつもりだな、クラウス‼　卑怯者！　恥を知れ！」

「ひぇぇぇ‼　ち、違います‼　ロストロイ夫妻にご迷惑をお掛けしたこと、俺もちゃんと罪を償うつもりです！　逃げたりしません！　み、皆さんもそこでちゃんと反省してくださぁぁい！」

「この裏切り者ぉぉ‼」

背中に投げつけられるたくさんの罵声から、クラウスは泣きながら逃げ出した。

そして逃げて、逃げて、逃げて――……。

気が付くとクラウスは、ロストロイ夫妻が向かい合っている場面に遭遇した。

ロストロイ夫妻の周囲には魔術式が大小百個ほども展開され、魔術式が青に赤に白に緑に金色にと、光り輝いている。

その様子が、まるで大神殿の最奥部に描かれている巨大曼荼羅《まんだら》のように見えた。

緻密で神々しい、目の前の光景の美しさにクラウスは息をのむ。

〈魔術式の一つ一つが、丁寧に編まれたレースみたいに綺麗だ……〉

展開された魔術式は、ロストロイ夫人の右腕にはまった『天空神の腕輪』へ、何らかの魔術を発動する。

魔術を受けた魔道具は光り輝き、硬いミスリル製の表面が小石が投げ込まれた湖面のように柔らかく波立った。

クラウスがその作業の美しさに目を奪われている間に、次の魔術式が発動され、波紋が何度も繰り返される。思わずじっと見入ってしまった。

〈無事なのかオーレリア⁉　もう体調は大丈夫なのか⁉〉

クリュスタルムがそう発言したことにより、クラウスはようやく夢見心地から目覚めた。

ロストロイ夫人がこちらに顔を向け、へらっと気の抜けた笑みを浮かべる。

「あ、クリュスタルム。ギルを呼んでくれてありがとー。さっきまで爆破魔術を使いまくっていたから、魔力暴走は小休止状態だよ。おかげで体調も随分マシになったよ」

〈そうか！　それは良かったのじゃ！　一安心なのじゃ！〉

「クリュスタルムたちも怪我はない？」

〈うむ　妾たちも無事なのじゃ〉

「そう。それなら良かった～」

オーレリアが元気そうなことに、クラウスもホッとした。

「あのぉ、それで、オーレリアさんとロストロイ魔術伯爵様は今、何をなさっているところなんですか……？」

「気が散るので黙っていてください、間男にもなれない若造が」

「ひぃぃっ、しゅみませんんん……!!」

こちらを見ることもせず冷たい言葉を吐くロストロイ魔術伯爵に、クラウスは震えあがる。

そんな二人の様子を見て、オーレリアが首を傾げた。

「え？　ギルったら、なんでそんなにクラウス君に辛辣《しんらつ》なの？」

「オーレリア。この若造は貴女を誑《たぶら》かし、僕たちの永遠の愛を引き裂き、貴女を巫女姫としてトルスマン皇国へ連れ去ろうとした極悪人なのですよ」

「え？　ほんとにっ!?」

オーレリアは驚いたように目を見開き、クラウスをまじまじと見つめる。

クラウスは彼女の視線に居た堪れなくなり、しおしおと項垂れ、「ごっ、極悪人でごめんなさいっ‼」と涙ながらに謝罪した。

だがしかし、オーレリアから返ってきたのは笑い声だった。

「うはははは っ‼　無謀な作戦過ぎてウケるね‼」

腕輪をはめていない方の手でお腹を抱え、オーレリアは思いっきり笑った。

「ごめんね、クラウス君。私、ギルが大好きで仕方がないから離縁する気はないし。クリュスタルムの一生の友達だから、巫女姫にはならないよ」

「そうですよね、オーレリア‼　僕は貴女から熱烈に愛されていますからね‼　ええ、離縁など決してあり得ぬことです‼　どのような邪魔者《じゃまもの》が現れようと、僕たちの愛の前には無力‼　オーレリアの爆破に巻き込まれて灰となって散ればいいいっ‼」

〈その通り‼　妾たちは一生の友なのじゃ‼　対等な仲間なのじゃ‼〉

〈恩人よ　クリュスタルムの良き友になってくれたことを兄として感謝する〉

「本当にっ、本当にごめんなさい、皆さん……‼」

オーレリアはひとしきり笑った後、目尻に浮かんだ涙を片手で拭う。

「まぁ、クラウス君も反省してるし。籠絡しようとしてきた間も楽しかったから、不問にしておいてあげる」

「オーレリアさん……」

「さて、そろそろ静かにしていただけますか？　仕上げに取り掛かりますので」

「あ、はいっ、すみません！」

クラウスには魔術のことはよく分からないが、ロストロイ魔術伯爵が『天空神の腕輪』に何らかの魔術を組み込んで、オーレリアの魔力暴走を根本的に止めようとしているのは何となく分かった。

クラウスは二人の側に静かに佇み、作業を見守る。

また一つ新しい魔術が組み込まれては、ミスリルの表面がちゃぽんと揺れる。

よく見ると、腕輪の表面に浮かびあがっている魔術式がチカチカと点滅し、その紋様を少しずつ変化させていた。

また一つ魔術が組み込まれ、また紋様の一部が変化する。

そんな繊細な作業を、ロストロイ魔術伯爵は集中力を途切れさせず延々と繰り返し、オーレリアもまた我慢強く耐えていた。

そして最後の魔術が組み込まれ、腕輪が一際強い光を放つ。

あまりの眩しさにクラウスが「わわっ！」と目を瞑《つむ》るのと同時に、ロストロイ魔術伯爵が魔術式の書き換え完了を告げた。

「……これで、魔力暴走自体は止まったと思います。腕輪を外す方法は追々考えるとして。これでオーレリアが爆破魔術を放っても、先程のような凶悪な爆破ではなく、普段通りの爆破になったと思います。魔力の状態はどうですか？」

「ありがとう、ギル。おかげで頭痛も吐き気も完全に引いたよ」

オーレリアはしばらく神妙な顔で腕輪を観察する。

（あそこに刻まれた魔術式が読めるのかな。オーレリアさんって、やっぱりすごい人だなぁ）

オーレリアは腕輪をくるくる回して確認し、眉間にしわを寄せた。

「うーん……、これは……」

突然彼女はウンウンと唸《うな》り、それから夜空に向けて両手を伸ばした。

「行きまーす！」

誰かに合図を出すように大声をあげると、オーレリアはチュッッドォォォーーーッッン!!!!っと爆破魔術を放った。

どこからともなく現れた風と水の魔術の合体技がオーレリアの爆破魔術を相殺し、結界魔術が衝撃波を防ぐ。

「ひょえええええ!?」

「……嘘でしょう……？」

クラウスは突然間近で見てしまった恐ろしい光景に、目と口を大きく開ける。

ロストロイ魔術伯爵は真っ青な顔色になった。

オーレリアだけが『少々困ったなぁ』という表情で肩をすくめる。

「ギルのお陰で魔力暴走自体は止まったんだけれど、爆破魔術はパワーアップされたままみたいだね」

「使用される魔力量が元に戻れば、爆破の威力も元に戻るのが通常でしょうっ!?」

「これも虹神秘石の効力なのかな……。でもこの魔道具、凄くない？　使用する魔力は通常通りの量なのに大規模魔術が使えるとか、魔術師の夢じゃん」

「爆破魔術特化型の貴女が持てば、世界を滅ぼす悪夢の魔道具ですよ‼」

ロストロイ魔術伯爵は慌てて夫人の右腕を取り、どうにか腕輪を引き抜けないかと格闘し始める。

だが、腕輪は彼女の細い手首の周囲をくるくると回るだけで、抜けることはなかった。

「えっと、つまりどういうことなんですか……？」

目の前の事態がうまく呑み込めないクラウスが首を傾げて尋ねれば、ロストロイ魔術伯爵は頭を抱える。反対にオーレリアは、達観した表情を浮かべた。

「つまり私、世界最強の爆破魔術師になっちゃったみたい☆」

「本当に本当にどうすればいいんだ、この腕輪は……！」

その後、ロストロイ魔術伯爵が色々試してみたが、オーレリアにはまった『天空神の腕輪』は、どうしても外すことが出来なかった。

▽

アドリアン大祭司はボロボロだった。

瓦礫で出来た天然の檻の中、逃げ場もないというのに仲間割れが始まり、格下だと思っていた祭司たちにボコスカと殴られた。

もちろんアドリアンはジジィなりに抵抗したし、かなりやり返したので、檻の中にいる全員がボロボロだった。あとは日頃の運動不足とか、単純に加齢の問題で、祭司全員が地面にひっくり返って荒い息を吐いていた。

「私があと二十も若ければ、貴様らなんぞ、私の拳で殴り倒してやったのに……、ゼェゼェ……」

「うるせぇ……くそジジィ……っ！　ゼェゼェ……」

「僕だってあと十年若ければ、ここにいる全員を瞬殺していたはず……ゼェゼェ……」

「わたしだって……ゼェゼェ……。昔は剣術を習っていたんだぞ……ゼェゼェ……」

永遠に終わらない応酬の中、アドリアンたちの頭上へと影が差した。

一体何事かと、アドリアン大祭司たちは上を見上げる。

天然の檻には天井はなく、くっきりと夜空が見えていた。そして大きく黄色い月を背景に、瓦礫の上に立つ人影が見えた。

「どうしてくれるんですか、貴方たち」

逆光でその人物の表情は見えなかったが、聞き覚えのある声だった。

相手が誰かすぐに分かったアドリアン大祭司は、口元を引きつらせた。

「ロストロイ魔術伯爵」と相手の名前を呼ぶ暇《ひま》もなく、彼が杖を振るい、魔術式を展開する。

「貴方たちのせいで、僕のオーレリアが世界最強になってしまったじゃないですか……。あの人が誰を爆殺しても心を痛めないような倫理観のぶっ飛んだ方だったら、世界最強の力を持っていても問題はなかったのですが。僕のオーレリアは、愉快で、お気楽で、大雑把で、優しくて、でも、とても脆い。殺傷能力なんて本当は欠片も必要としていない女性なんですよ。……どうしてくれるんだ、貴様らっ!!」

バチバチバチッと青白い火花が夜空いっぱいに広がった光景を最後に、アドリアン大祭司の視界は真っ白に染まった。

▽

「トルスマン大神殿の者たちを捕縛してきました」

「ギル、お疲れ～！」

ギルが、半分くらい焦げているアドリアン大祭司たちを捕まえてきた。植物魔術で出した薔薇のツタでぐるぐる巻きにされて引きずられているのだが、トゲが痛そうだね。

クラウス君が言っていた通り、大祭司たちは瓦礫の中に閉じ込められていたらしい。……瓦礫って、どう考えても私が最初に吹っ飛ばした部屋の残骸だろうなぁ。

まっ、大祭司たちに逃げられなくて良かったけれど。

そんなことを考えていると、中庭の別の方角からぞろぞろと歩いてくる集団が見えた。

「おぉ～、派手にやっちまったじゃん」

「あっ、ガイルズ陛下！」

近衛兵と宰相様に守られて、我らがリドギア王国国王陛下のお出ましである。

私の頭上で守護霊三人が、

『ガイルズ国王陛下、威厳がなさそうなところがまったくお変わりありませんの』

『おつむが足りなそうな雰囲気が懐かしいな』

『昔は勉強が嫌いで、すぐに城から逃げ出そうとしていたあの小さな第二王子殿下が、今はこうして立派な国王となられたのですねぇ』

などと、感慨深そうに頷《うなず》き合っている。実に不敬だ。

ギルがガイルズ陛下のもとに進み出て、事の経緯とアドリアン大祭司たちの捕縛を報告した。

ガイルズ陛下は私に視線を向けた。

「大丈夫か、オーレリア？　怪我はねーの？　医務室で診てもらった方がいいぜ」

「私に怪我はないです、大丈夫です。それより陛下、王城と中庭を爆破してしまい、本当に申し訳ありませんでした！」

私よりも満身創痍な王城のために謝罪すれば、陛下はひらひらと片手を振る。

「しょうがねぇよ。形あるもんはいずれ壊れちまうんだし」

「賠償しますんで！　ギルからお小遣いを前借りして！」

「お前の小遣いがいくらかは知らねぇけれど、何年かかるんだよ、それ。賠償金はオーレリアじゃなくて、そこのジジィどもからふんだくるから気にすんな。こういうガメツイ奴らは絶対に不正な金を隠し持ってるし。それで足りなきゃ、大神殿の黄金製の蠟燭立てから盃《さかずき》まで押収してきてやるからよ」

「陛下、優しい……!!　ありがとうございます!!」

陛下はそのまま私の横を通り過ぎ、薔薇のツタでぐるぐる巻きにされているアドリアン大祭司に近付いた。彼の頬《ほお》をぺちぺちと叩く。

半分黒焦げになっているアドリアン大祭司は、その刺激でようやく目を開けた。

「よぉ、くそジジィ。俺の城を派手にぶっ壊しやがって」

「リ、リドギア王……!?　い、いや、城を壊したのは私ではなく、ロストロイ夫人で……」

「テメェらの策とも呼べねぇ無謀のせいだろうが。まったく」

陛下が溜《た》め息《いき》を吐く。

「まっ、こっちもいい加減アンタが邪魔だったからさぁ、ちょうどいい機会だけれどな。アンタは表向きは病気ってことにして引退で、アンタの配下の祭司も全員引きずり下ろすわ。大神殿から一気に祭司が減ることに、トルスマン皇国の民が不信感を抱いてリドギア王国へ敵意を燃やさないよう、なんか手を打たねーとなぁ。あ。祭司たちは『実家のおふくろの介護のために自主退職する』とか言っておけば、皇国民も納得するんじゃねぇか?」

ガイルズ陛下から「なぁ宰相、良いアイディアじゃね?」と意見を求められた宰相は、クールな表情で「そこは我々がお考えいたしますので」と、陛下のお考えをバッサリと切り捨てた。

「トルスマン大神殿は皇国民の精神的支柱だ!　私がいなくなれば皇国民は暴動を起こすぞ!」

「だから戦後すぐにはテメェを処分しなかっただろうが。けれど今は戦後十六年だ。今なら大祭司が変わったところで、血を流すような暴動は起きねぇよ」

「野蛮なリドギア人を大祭司の地位に就けるつもりだな⁉　皇国民はすぐに気が付くぞ、野蛮な国家がついに我らの宗教さえ奪ったことに‼」

「大祭司の地位にリドギア王国の人間を据えるつもりはねぇ」

「ならば一体誰を……」

陛下はニヤニヤと笑いながら、端の方で縮こまっていたクラウス君の肩に手を置いた。

「こいつ、俺の手駒にすっから」

「はわわわわわっ⁉」

突然の宣言に、クラウス君がクリュスタルムとアウリュムを落っことしそうになる。

「なっ、何をおっしゃっているんですか、リドギア国王陛下ぁぁ⁉」

「ギルから聞いたぞ～。お前、ギルとオーレリアを別れさせようとしたんだって？　マジで最低な奴だな～。正直めっちゃ引くわ」

「あああああっ！　その件は、本当に申し訳ないと思っています！　ごめんなさいぃぃぃ‼」

「反省したところでお前が過ちを犯したことは消えねぇよ。お前は罪人だ」

「は、はい！　俺は罪人です……！」

「罪人は裁かれなきゃなんねぇ。だから俺が裁く。お前……、名前は確かクラウスだったな。クラウスは俺に絶対服従の刑だ！」

「リドギア国王陛下に絶対服従の刑……！」

「だからクラウスが次の大祭司な☆」

「罪を償わなきゃならないのは、分かりました……！　でもっ、俺、大祭司に相応しい人格とか能力とか威厳とか、なんにも持ってないです……！」

「大祭司に相応しい人格とか、そういうのはマジでどーでもいいぜ。重要なのは、リドギア王国の言うことをホイホイ聞くような操りやすい人間かどうかってことだからな」

陛下ったら、トルスマン大神殿を意のままに操って、皇国民を親リドギア派に変えていくつもりだな。

トルスマン皇国は、今は戦争賠償金も支払えないくらい疲弊した国家だけれど。豊穣《ほうじょう》の宝玉《ほうぎょく》であるクリュスタルムが国へ戻れば、再び土地が栄えるはずだから、最終的に属国状態にしたいのかもしれない。

私と同じことに気付いたらしいアドリアン大祭司が、「やめろ！　トルスマン皇国は貴様ら野蛮な邪教徒のものになど……！」と喚いたが、すぐに近衛兵の手によって、祭司全員まとめて連行されていった。

私を籠絡しようとしたばかりにリドギア王国の手駒になることが決まっちゃったクラウス君を眺める。彼に待ち受けている険しい未来を、私は深く憐れんだ。

頑張ってね、クラウス君！　君ならトルスマン皇国を、もう二度と侵略戦争を選ぶことのない平和な国に出来るよ！

「……オーレリア」

私がクラウス君の今後の活躍をお祈りしていると、ギルが傍にやって来る。

ギルは先ほどまでの苛立った様子から一転、しょんぼりとした様子になっていた。

ギルは私の右腕にはまった『天空神の腕輪』をじっと見つめ、私の手を取る。そのままギルは私の手の甲に自分の額を押し当て、「……申し訳ありませんでした」と呟いた。

「オーレリアが危険な時にお傍を離れてしまい、本当に申し訳ありませんでした。いくら貴女の居場所をいつでも把握でき、貴女にも爆破魔術があるとはいえ、一人にすべきではありませんでした。貴女はいつでも無敵というわけではなかったのに……」

「ギル……」

正直、爆破魔術でたいていの危険を吹っ飛ばせる人間を常時心配するのは無理だと思う。

私自身、治安の悪い場所を一人で歩くことに恐怖を感じたことがないくらい、自分の力を過信しているし。

でもギルは私を一人の女性として心配し、夫として責任を感じてくれるんだな。

それがギルの深い愛情に基づいての言葉だから、とても嬉しい。

「ギルはちゃんと私のピンチに駆けつけてくれたし、助けてくれたよ」

「オーレリア……。けれど僕は、オーレリアのすべてを守りたいんです」

「その気持ちだけで十分嬉しいよ。ありがとう、ギル」

私のことを守ろうと必死になってくれる人が存在する。

絶対の味方がいると信じることが出来るだけで、私の心はちゃんと守られている。深い安心感に満たされる。

私はギルに感謝しつつ、言葉を続けた。

「だけれど生きていたら、危険なことや嫌なことなんて当たり前に降りかかるものだから。私、自分で振り払える火の粉はどんどん吹っ飛ばしていくよ。それでもし、私に吹っ飛ばせない時が来たら、またギルが助けてね」

私に欠けている部分を補ってくれる人がいるだけで、十分奇跡みたいなものだから。

あんまり自分を責めないでほしい。

「……今の貴女は、僕をちゃんと頼ってくださるのですね」

ギルは泣き笑いのような表情を浮かべた。

「バーベナだった頃の貴女は、その心の苦しみや悲しみや負担を僕に分けてはくださいませんでした。あの頃の僕は、それが悔しくてたまらなかったのですが……。オーレリアは僕を弟子ではなく夫として、頼ってくださるのですね。とても嬉しいです」

これはバーベナが自爆した時の話だろう。バーベナが一番追い詰められていた時にギルを頼らなかったことも、彼の中で深い傷となっていたんだな。本当に申し訳ない。

バーベナはギルに頼る余裕すら、心になかった。

ヴァルハラに行ってしまった死者ばかりを見つめ、周囲にいた生者にちゃんと目を向けることが出来なかった。

だけれどオーレリアの私は、いつだってギルを頼りにしている。私が手を伸ばせば、ギルは必ず助けてくれる。助けようと必死に足掻いてくれると信じられる。

「当たり前だよ。ギルのこと、いつも頼りにしているよ。死者の国まで迎えに来てくれたし、魔力暴走も止めてくれたし、お酒は樽ごと買ってくれるし。私の面倒をここまで見ようとしてくれる人なんて、ギルしかいないと思ってる。ギルは私の最高の旦那様ですよ」

ちゃんと言葉にして伝えなければと必死になれば、ギルが柔らかく微笑んだ。

「ふふふ」

「あっ！　あとっ！　お小遣いを前借りさせていただけたら、さらに頼りになる旦那様です！　王城の噴水を爆破しちゃって請求書が届いたんで、なにとぞ……‼」

突然思い出したので付け加えれば、ギルは真顔になった。

「……貴女はどうしてこのタイミングで言うんです？　いま僕たち、かなり良い雰囲気でしたよね？」

「まぁ、構いませんけれど」と、ギルがやっと晴れたように笑ってくれたので、ほっぺに感謝のチューを贈った。

「ちょっとは気分が回復した？」

「はい」

ギルからもお返しのキスを頬に貰《もら》って、気持ちが和む。

やっぱり夫婦のイチャイチャは大事だな。メンタル回復に役立つよ。

そのままギルの腕に引っ付いて体温を感じていると、頭上から突然、『キエエエェェエェッ‼』という奇妙な悲鳴が聞こえてきた。

何だろうと思って上を見れば、守護霊になったジェンキンズである。なぁ〜んだ。

『キエエエエエッ!!!! 目障りだ、ギル・ロストロイ!!!! お前なんかがオーレリアの夫だなんて、私は絶対に認めないからな!!!! たかが頬への口付け程度でいい気になるなよ!!!? とにかく今すぐオーレリアから離れろっっっ!!!!』

ジェンキンズは生きている頃もよく突発的に荒ぶる面倒くさい同僚だったが、死んでからも変わりないようだ。

「どうしたんです、オーレリア? 急に夜空を見上げて」

「なんか急にジェンキンズの奴が『キェキェ』と鳥みたいに鳴き出したから、つい気になって」

「……ああ。そういうことですか」

ギルは納得したように頷くと、満面の笑みを浮かべて夜空を見上げた。

「ジェンキンズ先輩、水龍の姫君、リザ元魔術師団長。僕の妻が大変お世話になりました。心より感謝を申し上げます」

守護霊が見えていないので、ギルは全然違う方向へと頭を下げている。面白い。

『あら。あんなに小さな子供だったギルが、なかなか礼儀の分かる男になったものですの』

『おばあちゃんはいつでもギル君の味方ですよ。曾孫を待っておりますからね』

女性陣の反応は上々であったが、ジェンキンズだけはさらに怒りの炎を燃やした。

『なにが〝僕の妻〟だ、このクソガキ……!!!! それ以上、私のオーレリアに触れることは絶対に許さないからな!!!!』

「ギル、なんかジェンキンズが滅茶苦茶怒ってるよ」

「でしょうね」

私のオーレリアってなんだよ、ただの同期じゃん。同期に対してそんなに執着するほど友達がいなかったのか、ジェンキンズよ?

一瞬疑問に思ったが、思い返せばジェンキンズは友達が本当に一人もいなかったな……。

ただの同期の私に執着しても仕方がないな。気持ち悪いけれど。

『どうせお前なんか、オーレリアに地位も財産も全部爆破されて、精根《せいこん》尽き果てて捨てられるのがオチなんだよ!!!!』

「ギル、なんかジェンキンズが私の悪口を言っているぞ!」

「え? どうしてですか?」

人を悪女みたいに言うんじゃない、ジェンキンズ!

ギルに喧嘩を売りたいのか私に喧嘩を売りたいのかよく分からないジェンキンズだったが、奴の様子が少しずつ変化していった。

ジェンキンズは性格がアレな割には見目の良い男で、半透明な守護霊の姿になってもハーフアップの金髪とか白い肌とかが、すごく綺麗に輝いていたのだが。

何故か、肌も髪もどんどんどす黒く染まっていく。

周囲にもモヤモヤと黒いオーラを放ち始めた。

ジェンキンズの身に、一体なにが起こっているのだろうか。

私がぽかんと見上げていると、おひぃ先輩とばーちゃんが慌て始めた。

『ああっ！　駄目ですの、ジェンキンズ！　正気に戻るのですの！』

『貴方、このままではせっかく取った守護霊資格が……！』

ジェンキンズが黒く染まっちゃうと、なんかヤバいのだろうか？

おひぃ先輩とばーちゃんの声掛けも虚しく、ジェンキンズの全身が真っ黒に染まり――……次の瞬間、ジェンキンズの姿がシュンッと掻き消えた。

『あぁぁっ！　ジェンキンズ！　なんということですの!!』

『まったく、愚かな子でしたわ……』

「え？　今のはなんだったんですか、おひぃ先輩？　ばーちゃん？」

おひぃ先輩は頭を抱え、ばーちゃんは首を横に振った。

『あれは怨霊化《おんりょうか》ですの。守護霊は生者を守るために存在するもの。それなのに生者を強く呪うと、怨霊化いたしますの』

「怨霊化!?　怨霊化するとどうなるんですか!?　まさか死者の国行きとかっ!?」

『いいえ。守護霊の資格を剝奪されて、ヴァルハラへと強制退場です。二か月は再試験が受けられません』

「なぁーんだ。大したことないんですね〜」

ただヴァルハラに帰っただけかよ、ジェンキンズ。人騒がせな奴だな。

『では、わたくしたちも帰りますの。また会いに来ますの』

『とにかく貴女が無事で良かったです。腕輪が外せるまでは、軽々しく爆破魔術を使ってはいけませんよ。リドギア王国が消滅してしまいますからね』

「はーい」

『あと、ギル君とちゃんと仲良くするんですよ。子育てというのは本当に大変ですから、体力のある若い時に産むのが一番ですからね。おばあちゃんは曾孫という吉報を待っております』

「はいはーい」

ばーちゃんの曾孫話はちょいちょい適当に聞き流しても大丈夫だな。どうせ、なるようにしかならん問題だし。

ギルにジェンキンズが怨霊化して退場したことと、おひぃ先輩とばーちゃんが帰ることを伝えれば、ギルは丁寧に頭を下げて見送りをする。

私も二人の姿が消えるまで、ブンブンと手を振って見送った。


その後、私は魔力暴走の後遺症がないか調べるために医務室へと運ばれた。

なぜかお姫様抱っこで。

「いや、ギル。私、別に重傷じゃないよ？　ちゃんと歩けるから」

「僕が不安で仕方がないので、諦めて運ばれてください」

「でも、ギルは私より貧弱だし、心配だよ……」

「一体いくつの頃の話ですか。僕はもう、オーレリア一人くらいなら十分は頑張って持ち上げられます」

「あと八分しかないぞ、ギル⁉」

「近道を通ります！」

ギルをお姫様抱っこしてあげたことは前世現世合わせて多々あったが、逆は初めてでハラハラする。

だけれど、私の背中と膝裏に回されたギルの腕はしっかりと筋肉のついた男性の腕だった。

少年の頃のギルなんて、栄養不足でガリガリに細かったのになぁ。ちゃんと頼もしいじゃないか。

十分しかもたないみたいなことを言っていたギルだけれど、医務室までふらつくこともなく私を運んだ。

ギルは私をとても心配し、診察も最後まで付き添おうとしてくれた。

まぁ、ボロボロになったドレスから検診衣へ着替える時はササッと離れて行ったけれど。それでも逃走しなくなっただけマシかな。

爆破によるちょっとした火傷以外は目立つ損傷はなし、という判断を王城医師から受けた。火傷を冷やして塗り薬を塗ってもらい、疲労回復用に蜂蜜を入れたホットワインを貰う。

ホットワインが熱いのでゆっくりと飲んでいると、ギルが「オーレリア」と私の名前を呼ぶ。

「世界最強の爆破魔術師になってしまいましたね……」

「そうだねー。でも使い道がないよね？　今の私が爆破魔術を一発放てば、リドギア王国が焦土と化すもん。この腕輪が外れるまでは、魔術は使えないなぁ」

困ったことになっちゃったなぁ。

これでは今までのように気軽に爆破魔術を使えない。

剣術だろうと魔術だろうと学術だろうと、鍛錬を怠れば、空いてしまったブランクを取り戻すのは容易ではない。毎日爆破訓練をしている今までさえ、完璧にコントロールすることが難しい日はあったのだから。

まいったなー。

「オーレリアが魔術を使えないのは、僕としても本当に不安です」

私以上に暗い表情をしたギルが言う。

「貴女が危険な目に遭った時、どうすれば良いのか……。僕だって四六時中、オーレリアから目を離さずにいられるわけではないですし……」

「命の危険レベルなら、またばーちゃんたちが来てくれると思うけれど」

怨霊化したジェンキンズは、あと二か月は再試験が受けられないらしいけれどな。

「そんなに何度も命の危険に遭わないでほしいのですが……」

「じゃあ丸太でも持ち歩くよ。いい感じに危険をボコボコに出来るように」

「丸太では少々かさばりますね。外出の際に馬車へのせるのにも難儀しますし。早いところ、その腕輪を外すしかありません」

「そう言うからには、この腕輪を外す方法に何か心当たりがあるの、ギル？」

そう問いかければ、ギルは銀縁眼鏡《ぎんぶちめがね》の縁に指を添えながら答える。

「魔術師団所属のペイジ・モデシット副団長。少々特殊な方ですが、現リドギア王国の魔道具分野で右に出る者はいない存在です」

ほほう。そのペイジ君とやらに、『天空神の腕輪』について相談するということか。

魔術師団に人が足りないのに余計な仕事を増やしてしまって、たいへん申し訳ないが。この腕輪も研究材料としてかなり面白いと思うので、ぜひ相談に乗ってほしいものだ。

「じゃあギルからペイジ副団長に事情を話して、面会の約束を取り付けてもらえないかな？　手土産は何がいいと思う？　お酒？」

「それが実は、ペイジさんは現在行方不明でして」

「おい」

魔術師団がブラック過ぎて、ついに失踪しちゃったの？

と思ったら、『霧の森』という場所で最近行方不明者が続出し、ペイジ副団長も捜索に出かけたら、彼も行方不明になってしまった、というミイラ取りのような話を聞かされた。

どうやら自主的な失踪ではなかったらしい。

「もともとクリュスタルムの返還が済んだら、『霧の森』へ行方不明者を探しに行こうと考えていたんです。目的が増えようと、やることに変わりはありません。ペイジさんたちを見つけに行きましょう」

「うん！」

ペイジ副団長にこの腕輪を外してもらえるかは、一度見てもらわないと分からないけれど。行方不明者は放っておけないからね。見つけてあげないと。

ホットワインを飲み終わったころに伝令の衛兵が来る。ガイルズ陛下がギルをお呼びだそうだ。アドリアン大祭司たちの件だろう。

「今夜は帰宅出来ないと思います。陛下から護衛の兵士を借りてきますので、オーレリアは護衛と共に、先に屋敷へ帰宅してください」

「はーい」

ついでにクリュスタルムに一緒にロストロイ家へ帰宅するのか、確認してほしいと伝えておく。

大神殿の人間があんなにたくさん捕まってしまったら、それどころじゃないとは思うんだけれど。

ギルが医務室から退室してしばらくすると、護衛が迎えに来てくれたのだが、総勢二十人もいた。

こんなに必要だろうか？

陛下からも『夜道は危険だからいっぱい護衛をつけてやるぜ！　ゆっくり休めよ、オーレリア！』と、ねぎらいの言付けを貰った。

クリュスタルムからは〈クラウスだけだと頼りないから　妾も一緒についておるのじゃ〉と伝言が届いた。

というわけで二十人もの護衛に守られ、馬車でロストロイ魔術伯爵家に帰宅する。

無事に屋敷へと帰りつき、護衛の兵士たちにお礼を伝えて解散した。

第六章　◆　誕生日パーティー

　ギルの誕生日当日は快晴だった。

　私が『天空神《てんくうしん》の腕輪《うでわ》』によって魔力暴走を起こした夜会から、王城は連日てんてこ舞いの忙しさだったらしい。

　アドリアン大祭司《だいさいし》たちへの尋問や、貴族会議を開く準備、トルスマン大神殿へ人を派遣したりと慌《あわ》ただしく、ギルも何度も呼び出しを食らっていた。

　これではギルの誕生日サプライズパーティーの開催も危《あや》ういのでは？　と心配していたが、誕生日当日はギルも無事に休みになった。

　これはもしかすると、王城からロストロイ魔術伯爵家《まじゅつはくしゃくけ》に派遣されている護衛たちが、サプライズパーティーの準備をする使用人たちの様子を見て、ガイルズ陛下《へいか》にそれとなく伝えてくれたのかもしれない。

　その証拠に、前日に陛下から荷物とメッセージカードが届き、『オーレリアへ。また一つおっさんになったギルをよろしく頼むぜ！』と書かれてあった。

　ちなみに荷物の中身は、あの王室御用達《ごようたし》ワインの樽《たる》である。わぁーい！

「というわけで、おはよう、ギル！　三十三歳のお誕生日おめでとう!!」

「……え？　はい？」

疲れが溜まっているであろうギルをもう少し寝かせてあげたかったが、そろそろ支度《したく》を始めないといけない時間なので声を掛ける。

ぐっすりと眠っていたギルは私の声に叩き起こされると、しばらく固まった。案の定、自分の誕生日を忘れていたらしい。

ギルはぽかんとした表情を浮かべていたが、ようやく状況がのみ込めたようで、黒い瞳《ひとみ》を潤《うる》ませ始めた。

まだいつもの眼鏡《めがね》を掛けていないので、窓から差し込む陽の光にきらめく涙《なみだ》の膜《まく》がよく見える。

ギルの瞳は夜空のように綺麗《きれい》だった。

「う、嬉《うれ》しいです……！　オーレリアが再び僕の誕生日をお祝いしてくださる日が来るなんて……！」

ギルはそう言って喜んだ。

その姿が少年だった頃のギルの姿と重なって見えた。歳を取ってもこういうところは全然変わらないのだなぁ、と思う。

「バーベナの頃は大したお祝いをしてあげられなかったけれど、今年からは盛大《せいだい》にお祝いするからね！」

「僕は貴女《あなた》が『おめでとう』と言ってくれるだけで、世界で一番幸福な男になれます」

「ふふふ。これからは毎年ずっと『お誕生日おめでとう』って言うからね。お誕生日おめでとう、ギル。生まれてきてくれてありがとう！」

私がそう言うと、ギルは本格的に泣き始めた。

ギルの頭を抱きしめ、よしよしと撫《な》でる。なんて可愛《かわい》い夫《おっと》だろう。

「オーレリア、僕は貴女に出会うために、それだけのために生まれてきたと思います……！」

もうちょっと私以外に楽しいことを見つけた方がいいぞ、ギル。とは思ったが、夫からの愛の言葉を、私は有り難《がた》く受け取った。

しばらくすると、私たちの寝室に執事《しつじ》のジョージがやって来た。

「お誕生日おめでとうございます、旦那様《だんなさま》。さぁ、お支度をいたしましょう。本日の主役が遅れるわけにはいきません」

「本日の、……主役？」

ジョージの言葉が上手《うま》くのみ込めずにいるギルに、私から説明した。

「今日はギルの誕生日パーティーを開催するよ！　ギルはしっかりと顔を洗って、身支度をしておいで」

目をまるくして驚くギルの頬《ほお》にチューをしてから、私は夫を身支度へと送り出した。

さて、私自身もパーティー用のドレスを着てこようっと。


お互いに着替え終わると、私はパーティー会場になっている大広間へと案内した。

使用人たちが隅々《すみずみ》まで掃除をしてくれた大広間は、あちらこちらにリボンや花が飾られていて華《はな》やかだ。花は蕾《つぼみ》の状態のものが多いが、そこは後ほどのお楽しみである。

普段は玄関ホールでロストロイ魔術伯爵家の守り神をしている一ツ目羆《ひとつめひぐま》の剝製《はくせい》も、今日はパーティーの参加者だ。紙で作った三角錐《さんかくすい》型のパーティーハットを被《かぶ》り、お揃《そろ》いの蝶《ちょう》ネクタイを首に巻いてしっかりとお洒落《しゃれ》をしている。

食事用のテーブルとは別に用意したテーブルには、シャンパンタワー用のクリスタルグラスがすでに積み重なっていた。その段数はなんと十段。ここに注ぐために、たくさんのシャンパンボトルを用意している。パーティーが開始したらシャンパンを開けまくることが出来ると思うと、胸がキュンとときめいた。

「僕のために、こんなに素敵《すてき》なパーティーを用意してくださったのですね」

銀縁《ぎんぶち》眼鏡を掛け、パーティー用のドレスローブを着たギルが、会場を見回して感嘆《かんたん》の溜《た》め息《いき》を吐《つ》いた。

「ありがとうございます、オーレリア」

「私だけの力じゃなくて、ジョージやミミリーたち使用人の協力のもと、成し遂《と》げたよ！」

私が壁際《かべぎわ》に立っている彼らを示すと、ギルは黒い瞳を優しく細めた。

「ジョージたちもありがとう。今まで僕によく仕えてくれたことも、オーレリアをあたたかく迎え入れてくれたことも。僕の誕生日の準備をしてくれたことも、とても感謝している。これからもロストロイ魔術伯爵家のことをよろしく頼む」

ギルがそう言って彼らに笑いかけると、ジョージが「あの旦那様が、こんなに明るい表情を浮かべるようになって……！」と目頭《めがしら》を押さえ、ミミリーたちも「お誕生日おめでとうございます、旦那様！」「これからはずっとお幸せに過ごしてくださいね……！」と感動ムードに包まれた。

良かったねぇ、ギル。君は使用人たちにしっかりと慕《した》われている、いい主人だよ。

まだパーティーを開始していないのに、ロストロイ家だけで最高潮《さいこうちょう》に盛り上がっていると。玄関ホールの方から、騒がしい声が聞こえてきた。

どうやら招待客が到着したようだ。

「さぁ、ギル！　お客様たちにご挨拶《あいさつ》しなくっちゃ！」

「え？　どなたをご招待したのですか、オーレリア？　僕なんかの誕生日に？」

「ギルの誕生日だからこそ、最高のゲストをお呼びしましたー！」

玄関ホールまでギルの肩をぐいぐい押して連れて行くと、そこにいたのはチルトン侯爵家《こうしゃくけ》ご一行《いっこう》だ。

お父様にお母様、十一歳の長男アシルと十歳の次女ライラ、八歳の三女エメリーヌに五歳の双子《ふたご》の弟妹マリウスとルチル。

チルトン侯爵家全員が、王都のロストロイ魔術伯爵家までやって来てくれた。わーい！

「お招きいただきありがとう。今日はお誕生日だそうだな、ギル君。おめでとう」

お父様がそう言って握手のために手を差し出すと、ギルは膝《ひざ》から崩れ落ちそうになりながらも、お父様の手をしっかりと両手で握った。

「お義父様《とうさま》から祝っていただけるとは、誠に光栄です!!!!　これからもより一層、お義父様の義息子《むすこ》として励んでゆきます!!!!」

「相変わらず息災《そくさい》のようで何よりだ」

続いて、いつも通り鉄面皮《てつめんぴ》なお母様が挨拶し、弟妹たちの番がやって来る。

「ギルお義兄様《にいさま》、お誕生日おめでとうございます！」

「ギルお義兄様のために、皆でプレゼントを作りましたわ！」

「オーレリアお姉様とギルお義兄様の似顔絵クッキーなんです！　大事に食べてくださいね！」

「ぼくもお手伝いしました！　たくさんほめてください！」

「わたしもです、ギルおにいさま！　大人になったら、てんさいりょうりにんになれそうです！」

弟妹たちは、どうやらアイシングクッキーを作ってきてくれたらしい。クッキー部分を作ってくれたのは、たぶんお母様だろう。元侍女《じじょ》なので。

ギルはクッキーの袋を受け取り、自分の顔と私の顔が描かれたクッキーを確認すると、感動に目元を赤くした。

「なんと素晴らしいクッキーでしょう。食べるのが勿体ないので、このまま永久保存したいですね。皆さん、本当にありがとうございます。とても嬉しいです」

「いえ、はやめに食べてください、ギルお義兄様」

「そこまで大事にしてくださらなくて結構ですわ」

長男アシルと次女ライラはきっぱりと言い、三女のエメリーヌもしっかりと首を横に振った。なんて賢《かしこ》い弟妹だろう。さすがはお父様の子である。

お父様の子育てに改めて感心していると、当のお父様が近づいてきた。

「聞いたぞ、オーレリア。爆破魔術が使えなくなってしまったそうだな……」

「もうお聞きになったんですか、お父様？」

「ああ。王城でトルスマン大神殿に関する貴族会議が開かれるゆえ、ガイルズ陛下から招集状が届いたのだ。その手紙にお前のことも記されておった」

「なるほど……」

「それで、大丈夫《だいじょうぶ》なのか？　お前が爆破魔術を使えないなど、生まれてから初めてのことではないか」

心配そうにこちらを見つめるお父様に、胸の奥がジーンと震える。

爆破魔術を使えなくても日常生活にはなんの問題もないが、娘が不安がっていると思っているのですね、お父様……！

「魔術が使えない生活はお前には不便だろう。可哀《かわい》そうだが、私にはお前につけられた魔道具を外してやることは出来ん。我慢を強いるが、リドギア王国を滅ぼさぬよう、爆破魔術の使用を耐えてくれ」

眉間《みけん》にしわを寄せ、お父様は心苦しそうに私に言った。

「分かっていますって、お父様！　私、この国が大好きですから！」

「うむ。こういう時くらいお淑《しと》やかにしているのだぞ、オーレリア」

「はーい！」

「お前はいつも返事だけはいいのだが……」

お父様はそう言って溜め息を吐いたが、「まぁ、お前はとっくに嫁に行った身だ。もう私がとやかく言うことではなかろう」と気持ちを切り替えた。

「ギル君。君には迷惑を掛けるが、オーレリアのことをよろしく頼む」

お父様が深く頭を下げると、ギルは「迷惑だなんて滅相《めっそう》もない」と首を横に振った。

「謝罪をしなければならないのは、むしろ僕の方です。お義父様から託された大事なオーレリアを守り抜けず、本当に申し訳ありませんでした。自分自身を不甲斐《ふがい》なく思います……」

未だ責任を感じているギルの肩を、お父様が力強く叩《たた》く。

「君が深く責任を感じるほど、この子のことを愛し、この子と人生を分かち合おうとしてくれることを、父親として嬉しく思う。本当にありがとう。私から伝えたいのはそれだけだ、ギル君」

それはお父様からギルへの励《はげ》ましの言葉であったが、私の方が先に娘として感動してしまい、横からお父様に抱きついた。

「うわぁーん！　お父様！　私、お父様の子に生まれて幸せですっ！」

続いてギルがお父様の肩に縋《すが》る。

「ぼ、僕もです、お義父様……！　貴方《あなた》の義息子にしていただけたことは一生の喜びです……！」

「私たち、お父様の子で良かったねっ、ギル！」

「はいっ、オーレリア！」

私とギルでお父様を両側から挟《はさ》んで感涙していると、お父様は「夫婦はだんだんと似てくると昔から言うが……」と、しばし遠い目をした。

「まあ、良い。二人とも、このような困難な時だからこそ、互いを支え合って生活するように」

「はい、お父様！　ギルと一緒に頑張ります！」

「妻と共になら、どのような困難も乗り越えてみせますっ!!!!」

私たちの元気な返事にお父様は頷《うなず》き、それぞれの頭をポンポンと撫でてくださった。

その後、お母様とアシルたちにも励ましの言葉を貰《もら》った。

「オーレリア、爆破魔術が使えなくても貴女は価値のある人間なのですから、馬鹿なことは考えてはいけません」

「爆破魔術を使えないなんて、オーレリアお姉様はとってもおつらいと思います。どうか長男の僕になんでも相談してください！」

「お姉様が爆破出来なくなってしまうなんて、とっても可哀そうですわ……！」

「オーレリアお姉様がストレスで死んでしまうんじゃないかと、私はとっても不安です……！」

「いやぁっ、おねえさまっ、しなないで！」

「僕がおねえさまをたすけます！」

なぜこの子たちは、私が爆破魔術を自粛《じしゅく》するとストレス死間近だと思うのだろう？

爆破イコールストレス解消だと思っているのかな？　違うよ？

「正確には爆破魔術が強すぎて自粛しているだけだから。私自身はめちゃくちゃ元気だよー」

心身ともに元気であることを証明しようと思い、双子のおチビを抱っこしてあげようとしたら、双子から「だめ！」『おねえさまはじっとしてて！』と拒否された。解せぬ。

「オーレリア、そろそろ皆さんをパーティー会場へご案内しては？」

ギルがそう私に話しかけてきた時、再び玄関ホールに来客があった。

〈妾《わらわ》がわざわざギルの誕生日パーティーに来てやったのじゃ～！　ギルよ！　妾を歓迎せいっ！〉

〈本日はお招きいただきありがとう　恩人たちよ〉

「ぼっ、僕までお邪魔《じゃま》しちゃってすみません……！」

クリュスタルムとアウリュム、そしてトルスマン皇国《こうこく》大神殿の新大祭司・クラウス君がやって来た。

クラウス君たちも今は物凄く忙しい時だろうに、わざわざ駆けつけてくれたのだ。

〈ギルよ！　生誕三十三年なのだろう！　これからも末永く清らかな操《みさお》を守るのじゃぞ！〉

「僕の誕生日を祝ってくれたことは感謝するが、余計な呪いを掛けるのはやめろ」

〈妾からの誕生日プレゼントはこれじゃー！〉

クリュスタルムがピカーッと激しく光ると、屋敷中に飾られていた生け花の蕾が一斉に花開いた。

ポンポンポンッと弾けるように花弁《かべん》が広がる光景はじつに圧巻で、私たち全員が感嘆《かんたん》の声を上げた。特にクリュスタルムの豊穣《ほうじょう》の力を初めて見るクラウス君は、「はわわっ！　なんて凄い力なんだろう！　さすがはクリュスタルム様です！」と大感激している。

「あっ、これは僕からのお祝いの品です。ロストロイ魔術伯爵様の好みが分からなかったので……」

申し訳なさそうな表情をしながらもクラウス君が差し出したのは、夜会でアドリアン元大祭司が私に飲ませてくれた、あの『サラマンダーの息吹《いぶき》』というお酒であった。

「オーレリアさんが気に入っていらっしゃったので、もし良かったら」

「ありがとう、クラウス君‼　とっても素敵な誕生日プレゼントだよ‼　ねぇ、そうだよね、ギル⁉」

「はい、そうですね、オーレリア。貴女の笑顔が僕にとっては最高のプレゼントです。ありがとうございます、クラウス大祭司」

『サラマンダーの息吹』のボトルを両手でぎゅっと抱きしめる私を見て、ギルはとても幸せそうに微笑《ほほえ》んだ。本当に素敵なプレゼントだった。

それからお父様とクラウス君が挨拶を交わし、クリュスタルムと弟妹たちが可愛らしい再会を果たした。

クリュスタルムは弟妹たちに交互に抱きかかえられると、〈ぬふふふふっ！〉と奇妙《きみょう》な笑い声をあげていた。

そして玄関ホールからパーティー会場へ移り、ギルの誕生日パーティーが始まった。

「では皆さま、シャンパンボトルを開けてください！」

皆で一斉に開けたシャンパンボトルの栓《せん》がポーンと空中に飛んで行き、勢い良くシャンパンが吹き出した。シュワシュワと弾ける黄金《おうごん》のお酒を、グラスで出来たタワーの上部からどんどん注いでいけば、シャンパンタワーの完成である。

弟妹たちには果汁水《かじゅうすい》のグラスを渡し、大人たちにはシャンパンタワーのグラスを渡す。

「本日は僕の誕生日パーティーにお集まりいただき、誠にありがとうございます。そしてこのような素晴らしいパーティーを開いてくれた妻にも、心からの感謝を申し上げます。では、乾杯《かんぱい》！」

「「「かんぱーい‼」」」

ギルの挨拶で乾杯をしてから、食事用のテーブルにそれぞれ着席する。

普段はギルと私だけで食事をしているので、こうやって大勢で集まって食事をするというのは、賑《にぎ》やかで楽しい。チルトン家にいた頃はそれが当たり前だったのに、今では懐かしさまで感じているなんて、私はすっかりギルとの生活に慣れてしまったようだ。

使用人たちが次々に銀のワゴンを押して来た。今日のためにロストロイ家の料理人たちが腕によりをかけて作ってくれたご馳走《ちそう》である。

私たちには魚介《ぎょかい》の香草焼きや野菜のテリーヌなどの大人味メニューが出され、弟妹たちにはトマトソースが掛かったチーズコロッケやコーンポタージュなどの子供が喜びそうなメニューが出された。普段は子供のいない屋敷なので、今回弟妹たちを招待すると料理人に伝えたら、「いずれロストロイ家に御子《おこ》が生まれた時の練習になりますね！」と張り切ってくれた結果である。

メインには大きなローストビーフの塊《かたまり》が登場し、各々の好みの厚さに切り分けてもらった。

皆で賑やかな昼食を楽しみ、最後に大きなバースデーケーキが運ばれて来た。

「さぁ、ギル。三十三歳のお願い事をどうぞ！」

その歳の願い事を言ってから蠟燭《ろうそく》を吹き消すという風習に則《のっと》り、私はギルに尋ねる。

ギルは「そうですね」と一つ頷くと、考える素振《そぶ》りも見せずに言った。

「僕の願いは、貴女と共にいつまでも幸せに暮らすことですね。ですから、それを妨げるこの『天空神の腕輪』を絶対に外してみせます。これは願いではなく、絶対に成し遂げるという決意です」

まるで騎士が誓いを捧《ささ》げるように、ギルは腕輪がはまった私の右腕に口付けた。

「ありがとう、ギル。頼りにしているね。……でも、せっかくの誕生日の願い事なのだから、もっとギル自身のことを願えばいいのに。あれが欲しいとか、これが欲しいとか。ギルは本当にいつも私のことばかりだなぁ」

私がちょっと呆《あき》れて言うと、ギルは「貴女が僕のすべてですので」と生真面目《きまじめ》に答えた。

私たちのやりとりを見ていた次女のライラと三女のエメリーヌが、「ギルお義兄様、すてきですわ！」「私もはやくお父様に結婚相手をえらんでほしいです！」とキャーキャーはしゃいでいた。

ギルがケーキの上に立てられた蠟燭の火を吹き消し、皆でケーキを食べた。

そのあとは弟妹たちが持ってきてくれたボードゲームや心理テストの本で遊んだり、屋敷や庭を思う存分に使った宝探しゲームを開催したりした。

宝探しゲームは、あちこちに用意されているヒントを使って、隠された宝物を見つけるというゲームだ。宝物はお菓子《かし》やぬいぐるみなどの玩具《おもちゃ》で、弟妹たちへの今日のお土産《みやげ》である。

ゲーム開始前に弟妹たちへ、敷地内で綺麗《きれい》な石やどんぐりを見つけても、拾ってポケットに入れたりしないように、しっかりと言い含めておいた。

この屋敷には『盗人呪いの魔術式』が仕掛けられており、許可なく何かを持ち出すと、顔中に緑色のふきでものが出来ちゃうのである。そんなことになってしまうと、さっきまで結婚に憧れていたライラとエメリーヌの将来が可哀そうなことになってしまうかもしれない。

「緑色のふきでものが出来ないよう、何か欲しい物があったら私かギルに言って、ちゃんと許可を貰うように！　いいね？」

「緑色のふきでもの⁉　そんなものが出来ちゃったらイヤですわ、オーレリアお姉様！」

「私もイヤです！」

ライラとエメリーヌが震えあがってお互いを抱きしめた。十歳と八歳でも、ちゃんと女の子だねぇ。

双子のマリウスとルチルは「ふきでものってなんですか？」「わからないです！」と騒いでいた。顔にブツブツが出来るのだと教えたら、さすがに怖がった。

弟妹たちが遊んでいる間に大人たちは休憩《きゅうけい》をする予定だったのだが、お父様とお母様も宝探しゲームに参戦することになった。やはり緑色のふきでものが心配らしい。

チルトン家の賑やかな声が聞こえてくる中、私とギル、クリュスタルムとアウリュムとクラウス君はのんびりとソファーでお茶をする。私だけお酒だが。

私はこのタイミングを使って、ミミリーに部屋の隠し場所からプレゼントを取って来てもらい、ギルに渡すことにした。

「はい、ギル。誕生日プレゼントだよ～」

「チルトン侯爵家の方々をお招きして誕生日パーティーを開いてくださったのに、プレゼントまで用意してくださったのですか？　ここ最近は王城へ通っていて、プレゼントを買う時間など無かったはずなのに、いつのまに……？」

ギルの質問に答えたのはクリュスタルムだった。

〈妾たちとの王都観光と称《しょう》して　ギルの誕生日プレゼント探しをしておったのじゃぞ！　つまりそのプレゼントの手柄《てがら》は半分は妾じゃな！〉

〈さすがは我が妹だ　美しいだけでなく　人々の役に立てる素晴らしき存在だ〉

「あっ、そっか！　オーレリアさんがフルーツパーラーでバッグを隠していたのは、ロストロイ魔術伯爵様にプレゼントを見つからないようにするためだったんですね！　なるほどです！」

クラウス君が王都観光の時を思い出し、納得の表情を浮かべた。

ギルは銀縁眼鏡の奥の瞳をまるくしながらもプレゼントを受け取り、箱を開ける。そして箱の中身を見て、動きを止めた。

「……オーレリア、これは」

「綺麗でしょ。新しい万年筆《まんねんひつ》なの」

旧クァントレル領の職人が一本一本手作りしているという、希少《きしょう》な万年筆だ。

黒い軸《じく》とキャップには金属製の細かな装飾が施《ほどこ》され、小さな宝石が埋め込まれてキラキラと輝いている。キャップを外すと、ペン先にも美しい模様《もよう》が彫り込まれていた。

貴族が持つに相応しい品であり、ギルにとっても不用品にはならない物をプレゼントしたい、と最初は考えていた。

だけれどその後、ギルが今もまだバーベナがあげた万年筆をボロボロになっても大事に保管していることを知った。

ならばオーレリアとして、新しく使える万年筆を贈ろうと思い、クリュスタルムたちを連れ回してまで探し出した品だった。

「すごく、嬉しいです……」

ギルは喜びを噛み締めるように言った。

「オーレリアも覚えていてくださったのですね。かつて僕と交わした約束を」

「『戦争が終わったら、もっと良い誕生日プレゼントを贈ってあげるね。なにせ私、師匠《ししょう》だから』ってやつ？　申し訳ないことに、本当は全然覚えていなかったんだけれどね。最近思い出したの」

私が正直に白状《はくじょう》すれば、ギルは「ふふっ。貴女らしい」と笑った。

「でも、あの時の約束は微妙に守れていないと思う。これは師匠として贈ったプレゼントじゃなくて、ギルの奥さんとして贈ったものだから」

「むしろそのほうが幸福です。今の僕にとっても、幼かった僕にとっても。――だって僕はずっと、貴女の夫になりたかったのですから。弟子《でし》のまま甘んじるのではなく」

ギルはそう言って、目を柔らかく細めて微笑んだ。

それからギルはジョージに頼み、真っ白な紙を用意してもらう。万年筆の試し書きをするようだ。

紙の上に金のペン先を滑らせると、引っ掛かることもなくスルスルとインクが文字を刻んでいく。

何を書いているのだろうと思ってよく見れば、『ああ、オーレリア、僕の愛の女神……』というポエムが見えた。まだポエム趣味が続いているらしい。

「書き心地も滑らかで、実に僕の好みです。素晴らしい万年筆を本当にありがとうございます」

ギルはそう言って、私にポエムを差し出した。

「貴女のことがよく書けたので、愛を込めて捧げますね」

「あー……、うん。ありがとう、ギル」

夫からの真心がまったく嬉しくないというわけではないのだが、まったく興味がない、ということの心境。またギルのポエム専用小箱にしまっておこう。

「僕がただ生まれただけの平凡な一日をこんなに素晴らしい誕生日にしてくださって、本当にありがとうございます。オーレリアの誕生日には何をお返ししたらいいのか、まったく分かりませんね」

「私の誕生日プレゼント？　お酒で良いよ！」

「良くないです。全然釣り合いが取れませんから」

私たちはそう言って、笑い合った。

その後、なぜか運送業者が屋敷にやって来て、ギル宛てに大きな木箱が届いた。

差出人の名前がギルのお知り合いリストにも貴族名簿にも載っていないとジョージが困惑していたので、玄関ホールまで移動して、木箱の確認をすることになった。

木箱の差出人は、まさかの元王城侍女サラちゃんだった。

私を監禁したあとにサラちゃんはどうなったのかと思って……いや、正直ほとんど忘れていたけれど。どうやら無事に北の大地に逃げおおせたらしい。木箱の中身はたくさんのジャガイモだった。サラちゃんからの手紙も入っていて、『あたしが初めて収穫を手伝ったジャガイモよ。ロストロイ魔術伯爵様に食べさせてね。アンタは絶対に食べないでよ！』と書かれていた。どうやら向こうで頑張っているらしい。

「『食べないで』って書かれているとさぁ、意地でも食べてやりたくなっちゃうよね？」

「貴女を監禁した女性から届いたジャガイモなんて怪《あや》しすぎます。やめてください」

「え？　ギルがジャガイモを独り占めする気？」

「僕だってそんなジャガイモは気味が悪くて食べられません」

「でも勿体ないよぉ。戦時中はあんなに配給に困っていたのにさぁ～」

宝物探しゲームが無事に終了した弟妹たちが、お菓子や玩具を抱えてこちらにやって来た。

「オーレリアお姉様、ギルお義兄様、僕たちに素敵な宝物をくださり、ありがとうございました！

あっ、立派なジャガイモですね」

アシルがそう言って木箱の中を覗《のぞ》けば、他の子供たちも続いた。

「フライドポテトにしたら良いと思いますわ、お姉様」

「私はポテトサラダも好きです！」

「おイモにバターをのせましょう！」

「僕しってます。それ、じゃがバターっていうんですよ」

「うんうん、全部美味《おい》しそうだねぇ。ねぇギル、アシルたちもジャガイモが食べたいって」

「絶対に駄目《だめ》です。僕の可愛い義弟妹に変なものを食べさせないでください」

まったくもうっ、ギルったら。すっかりお義兄ちゃんになっちゃって。

サラちゃんのジャガイモをどうするか悩んでいると、屋敷の表の方から騒がしい声が聞こえてきた。王城から派遣されている護衛たちのようだ。

「怪しい奴め！　名を名乗れ！」

「ここはロストロイ魔術伯爵様のお屋敷だ！　お前たちのような者がこのお屋敷に何の用があると言うのだ！」

どうやら屋敷の正門に不審者《ふしんしゃ》が現れたらしい。

ちょうど玄関ホールにいた私たちは、扉《とびら》を開けて正門の方を覗き見る。こっちには天才魔術師団長のギルと、元王国軍少将《しょうしょう》のお父様がいるから、不審者が現れようと戦力的に何の問題もない。

正門の前で護衛に追い払われているのは、ボロボロの燕尾服《えんびふく》を着たスキンヘッドの中年男性と、ボロボロのドレスを着たお婆《ばあ》さんだった。お婆さんはつばの広い帽子を被っているが、たぶんその下はスキンヘッドだろう。

つまり、不審者はギルの異母兄《いぼけい》と義母《ぎぼ》だった。私がバーベナだった頃に、爆破魔術で毛根を死なせてしまった被害者でもある。

「お義兄さん、お義母《かあ》さん、お元気だったんですね！　もしかして今日はギルの誕生日のお祝いに来てくれたんですか⁉」

「この人たちに限ってそんなはずがないでしょう、オーレリア」

正門越しに話しかければ、お義兄さんが怒鳴り返してくる。

「貴様が魔術を使えなくなったと風の噂《うわさ》で聞いたから、わざわざこの屋敷を乗っ取りに来てやったんだ‼　なのに何なんだ、この大量の警備は‼　この警備をどうにかしろ馬鹿義妹《ばかぎまい》っ‼　俺とお母様を歓迎しろ‼」

「そうよそうよっ‼　お前は嫁なのだから、最高級のワインと最高級の料理で私たちをもてなしなさい‼　ステーキは絶対に牛ヒレを用意するのですよ‼　私は脂身《あぶらみ》の多い肉は好みません‼」

本当ならお義兄さんたちにハゲの示談金《じだんきん》を渡したいのだけれど、部屋に戻る時間はあるだろうか？

「ねぇギル、私、ハゲの示談……むぐぐ」

示談金を取ってくるからお義兄さんたちを引き止めて、とギルに頼もうとしたら、ギルの手で口を塞《ふさ》がれた。

「それよりももっと良い物を僕から差し上げますよ。今日の僕は生まれてきたことにとても感謝しているので」

ギルはそう言って、サラちゃんから貰ったジャガイモをお義兄さんたちに渡した。

「おいっ、ちゃんとジャガイモに合う最高級発酵《はっこう》バターも入れろよ⁉　なんて気が利《き》かないんだ‼」

「次はジャガイモだけじゃなく、この屋敷の権利書も寄越《よこ》すのですよ、この馬鹿夫婦!!」

お義兄さんとお義母さんは木箱を受け取ると、そのまま路地裏へと消えて行った。

「久しぶりにお義兄さんたちに会えたけれど、元気そうで良かったね。いつか二人に示談金を渡せるといいなぁ」

「示談金は駄目です。ですが、またあの元王城侍女からジャガイモが届いたら、あの人たちに渡していいですよ。心底どうでもいいので」

ギルは機嫌が良さそうにそう言った。


「オーレリア奥様《おくさま》、例の準備が終わりました。そろそろ皆様にお集まりいただくよう、お声掛けをお願いいたします」

「あ、ジョージ。もうそんな時間になっちゃった?」

執事のジョージが呼びに来た。どうやら最後のイベントの準備が整ったらしい。

私は正門前に集まっているギルやチルトン家、クリュスタルムたちに声を掛けた。

「そろそろ最後のイベントを行いまーす! 皆、中庭に移動して～!」

「何が起こるのですか、オーレリア?」

「さぁ、ギルも移動ですよー」

中庭の広い場所には緑の芝生《しばふ》が生い茂り、すでに念写《ねんしゃ》専門の魔術師が待機していた。

念写とは、魔術師が見た光景をそのまま紙に転写させた絵のことだ。肖像画《しょうぞうが》や風景画《ふうけいが》よりも細密に描かれる上に、一瞬で完成する。複製も簡単だ。

念写魔術師は数が少ない上に、貴族や商人に人気なので予約が大変なのだけれど。この間の夜会前に、誕生日パーティーに念写魔術師を呼んでほしいと急遽《きゅうきょ》ジョージに頼んだのだ。かなりギリギリのお願いだったけれど、ちゃんと念写魔術師の予約を取ってくれた。さすがはジョージである。

ギルは天才魔術師なので念写魔術も余裕で出来ると思うけれど、そうすると一緒に念写に写れなくなるので、どうしても他の念写魔術師を頼むしかないのだ。もちろん私は爆破魔術しか使えないし。

「わぁっ!!　皆で念写を撮るのですね⁉」

「念写を撮るのは、チルトン領でのオーレリアお姉様さよならパーティー以来ですわね！」

喜ぶ弟妹たちの声を聞いて、ギルがハッとしたように私を見つめた。

「もしや、僕が以前、ウェディングドレスを着たオーレリアと領民たちの集合念写を見て羨《うらや》ましがっていたことを覚えていてくださったのですか⁉　それでチャンスを再びくださると⁉」

「それも一つの理由だよ」

「一つということは、他にも何か理由があるのですか？」

「今はとにかく並んで、皆で念写を撮ろう！　クリュスタルムはこっちだよー！」

不思議がるギルの両肩を押し、皆で並んで念写を撮った。

念写魔術師が用意した紙の上で魔術式を展開すると、そのまま紙の上に、笑顔の私たちの姿が鮮明に念写された。

私の隣に立つギルはとろけそうな笑みを浮かべ、弟妹と私に囲まれたクリュスタルムはピカピカと輝いていた。お父様とお母様も後ろの方で仲良く寄り添っている。アウリュムを掲げるクラウス君もとてもいい笑顔だ。とても素敵な念写だった。

その念写を、ロストロイ魔術伯爵家とチルトン侯爵家、そしてクリュスタルムたちの分も複製してもらう。

真っ先に念写を受け取ったギルは、「これでまた一つ僕も、チルトン家の一員に……！」と大喜びしていた。弟妹たちも両親に念写を見せて、きゃあきゃあと笑っている。

「はい、これがクリュスタルムの分」

私は一枚の念写をクリュスタルムに見せる。

〈おおっ！　なんと素晴らしい魔術じゃ！　妾がトルスマン皇国におった頃はこのような物は見たことがなかったのじゃ！〉

今のトルスマン皇国にも念写魔術師がいるかは分からないけれど。あっちはリドギア王国よりさらに、魔術師が不足しているからなぁ。

隣にやって来たギルが「念写魔術師を呼んだもう一つの理由は、その災厄《さいやく》への餞別《せんべつ》でしたか」と納得したように呟《つぶや》いた。

クリュスタルムは念写を見て、水晶玉《すいしょうだま》の中心を一際《ひときわ》明るくキラキラさせていたが、そのうちゆっくりと光が弱くなっていった。

〈……これは妾の永遠の宝物にするのじゃ　そしてオーレリアたちの清らかな笑顔を何度も見返して　別れの寂《さび》しさをやり過ごすのじゃ〉

「クリュスタルム……」

〈住まう国も違い　寿命の長さも違う妾たちは　これが今生《こんじょう》の別れやもしれぬ〉

ぽつりぽつりと、クリュスタルムの幼い声が続く。

〈じゃが二人と過ごした時間は決して忘れぬ　妾は執念深いからな　オーレリアとギルのことをずっとずっと覚えておるのじゃ〉

もう二度と会えない可能性ばかりが見えている別れを、胸を痛め、名残惜しみながら、噛み締める。そうやって、出会えた奇跡を、過ごした時間を、愛《いと》おしんで大切にする。自分の人生の糧にする。

それが正しい別れ方なのだと、私はずっと思っていた。

だからクリュスタルムとの別れをより美しいものにするために、皆で念写を撮ることを思いついたのだ。

けれど、魔力暴走で大変な目に遭った夜会の最中に、私は奇跡の再会を果たした。生と死の隔《へだ》たりさえ乗り越えて、地上とヴァルハラの距離を埋めて、大好きなばーちゃんとおひぃ先輩が私に会いに来てくれた。あとジェンキンズ。

一度別れたとしても、繋がっている縁《えん》ならばそう簡単に切れはしない。そのことをヴァルハラの皆が証明してくれたのだ。守護霊検定とか訳分かんない方法だったけれども。

だから、別れを覆《くつがえ》すような奇跡って、きっと私が思っているより簡単に起こるのだろう。起こせるのだろう。

「また会おうね、クリュスタルム」

私はきっぱりと言った。

「奇跡って割とよく起きるみたいだから、お互いに『会いたい』って手を伸ばし合っていたら、繋がっている縁はそう簡単には切れないみたいだよ。だから私たちの別れを今生の別れにしないために、ずっと君のことを忘れず、君に会いたいって、願っているね」

〈……オーレリア〉

別れを悲しみながら、再会への希望を胸に抱きしめることが出来る。

そんなことが許される平和な世界で、今は生きていられる。

たったそれだけのことが愛おしく幸せだ。

〈わかったのじゃ！　妾もオーレリアとギルにまた会いたいと願うのじゃ　執念深く願って　この縁を終わらせぬのじゃ！〉

クリュスタルムはそう言って、よりいっそうキラキラと輝いた。

こうしてギルの誕生日サプライズパーティーは、大成功に終わったのである。

第七章◆別れと贈り物

本日、ついにクリュスタルムがトルスマン皇国《こうこく》へと帰国する。

クラウス君が大神殿のトップになる準備もあるので、これ以上はリドギア王国に滞在出来ないようだ。

私がクリュスタルムとのお別れのために登城すれば、お偉い大臣が王城の廊下を駆けまわっている姿を見かけた。もちろん下《した》っ端《ぱ》も忙しく、役人たちの悲鳴がそこかしこの部屋から聞こえ、中庭からは庭師集団の激しい怒号《どごう》が聞こえてくる。

「この瓦礫《がれき》の山を一体どうやって撤去《てっきょ》しろっていうんだ⁉」

「さっき廊下で陛下《へいか》にお会いしたから『撤去作業員をお早くお寄越《よこ》しやがりくだせぇ！』って陳述《ちんじゅつ》したら、とりあえず午後から衛兵を回してくれるってよ！」

「衛兵なんか使いものになるのかよ⁉」

その件に関しましては誠に申し訳ありません。私の落ち度です。平に平にご容赦《ようしゃ》を……！

庭師集団の会話に頭を低くしながら、私はギルと共にクリュスタルムたちが出立《しゅったつ》する場所へと向かった。

「寂《さび》しくなっちゃうねぇ」

〈妾《わらわ》もじゃ〉

王城の門の前にはすでに荷物を積み込んだ馬車の一団が並び、私とギル、そしてクリュスタルムとアウリュム、クラウス君が向き合っていた。

アドリアン元大祭司《だいさいし》の配下ではなかった祭司《さいし》はほんの数人だけだったらしい。彼らはすでに馬車に乗り込んでいる。

クラウス君に抱きかかえられたクリュスタルムは、太陽の日差しを浴びてキラキラと輝いている。けれど水晶玉《すいしょうだま》の中央の靄《もや》がいつもより輝きが少なかったので、きっとこの別れを寂しがっているのだろう。

私が水晶玉にぺたりと触れると、〈オーレリア〉と幼い女の子の声が水晶玉から響いてくる。

〈妾がいない間に　あんな失礼な男を大神殿のトップにしてしまって申し訳なかったのじゃ　これからは妾がしっかりと大神殿を見張るのじゃ〉

「それは実に心強いよ、クリュスタルム。よろしく頼むね」

私がそう答えた後、クリュスタルムはどこかもじもじとした様子で、〈あの……じゃな〉やら〈そのぉ……〉などと不明瞭《ふめいりょう》な呟《つぶや》きを漏《も》らす。

しばらくしてから、意を決したような声が水晶玉から聞こえてきた。

〈せめてもの詫《わ》びと言うか　念写のお返しと言うかじゃな　二人のためにプレゼントを用意したの

じゃ　受け取ってくれ！〉

クリュスタルムがそう言うと、クラウス君が小さな箱を取り出し、中身を見せてくれた。

天鵞絨《ビロード》張りの箱の中に鎮座《ちんざ》するのは、水晶の単結晶《たんけっしょう》だ。

水晶はまだ研磨《けんま》されておらず、拳ほどの大きさがある。氷のように透き通った水晶の中に、オーロラのように輝く靄が見えた。まるでクリュスタルムのようだ。

こんなにそっくりな水晶をよく見つけることが出来たなぁ。

「綺麗《きれい》な贈り物をありがとう！　クリュスタルムの代わりを用意してくれたの？」

私とギルが寂しがるから、代わりの水晶を用意してくれたのだと思って尋ねれば。

クリュスタルムは少々予想外の返答をした。

〈うむ　これは妾の分身じゃ　妾自ら作り出した『豊穣《ほうじょう》の宝玉《ほうぎょく》』の原石じゃ　これを妾だと思って大切にすると百年くらいで自我《じが》を持ち　話し始めるのじゃ〉

――まさかの分身だった。

クリュスタルムがいなくなっただけで一国が衰退《すいたい》したほどの強力な豊穣の力が、我がロストロイ魔術伯爵家《まじゅつはくしゃくけ》に？　とんでもないことになってしまった。

私の隣で一緒《いっしょ》に分身を覗《のぞ》いていたギルも絶句している。

どうやって分裂したんだろう？　クリュスタルムの大きさに変化は見られないんだけれど？

宝玉って最後まで謎だらけだな。

「まさかこの分身まで、貴様のように純潔《じゅんけつ》好みなどとは言わないだろうな⁉」

〈まだ自我を持っておらぬから　好みなどあるはずがないのじゃ〉

クリュスタルムの言葉に、目に見えてギルがホッとした様子を見せる。「ならばいいが」と銀縁《ぎんぶち》眼鏡《めがね》の縁《ふち》に手を当てた。

もう邪魔《じゃま》されないみたいで良かったね、ギル。

「本当にありがとう、クリュスタルム。百年だと、さすがに私とギルが生きている間には分身が自我を持つことはないと思うけれど、子孫が受け継いでいけるように大切にするね」

〈ああ　そうしてくれると嬉《うれ》しいのじゃ〉

クラウス君が「あ、あのぉ、クリュスタルム様、オーレリアさん、そろそろ出発のお時間でして……っ！」と、おどおどした様子で切り出した。

もうそんな時間か。私はクラウス君にも別れの言葉を告げようと、彼に向き直る。

「クラウス君も、これから大祭司のお仕事頑張ってね」

「ひゃっ、ひゃい！　もちろんですっ！　だって俺、オーレリアさんたちの真実の愛を引き裂こうとした大罪人《たいざいにん》ですし、それに……」

プラチナブロンドのふわふわの髪をした十七歳の少年は、まだまだ弱く幼い部分がたくさんある。でも、その透き通った水色の瞳《ひとみ》には、彼が持つ善良さが強く煌《きら》めいていた。

「クリュスタルム様とアウリュム様をトルスマン皇国中のありとあらゆる場所へお連れして、豊穣の力で土地を癒《い》やして、皇国民を平和に導いていきたいって、俺自身強く思っているんです。とても責任の重いお仕事だけれど、ずっと願い続けていたことだから」

「そっかぁ」

ガイルズ陛下はクラウス君の操りやすそうな雰囲気《ふんいき》で彼を大祭司にすることを決めたけれど、なかなか良い人選だったんじゃないだろうか。私はそんなふうに思った。

「応援してるね、クラウス君」

「ありがとうございます、オーレリアさんっ」

「ほらギルからも、クラウス君に挨拶して」

「そうですね。ではクラウス大祭司、……陛下からの無茶ぶりによく耐えるように」

「ひぇぇぇぇぇ⁉　リドギア王ってやっぱり人使いが荒《あら》いんですかっ⁉」

「ギル、それは挨拶じゃなくて脅《おど》しじゃない？」

〈もしかすると経験者からの助言かもしれんのじゃ　オーレリア〉

「あぁ、その可能性もあるねぇ」

〈クラウスはこれから大変なようだな　だがリドギア王の使い走りだけではなく　我が妹の世話も完璧にするように〉

〈もちろん兄上のお世話もじゃぞ！　クラウスよ！〉

「ぴぇぇぇぇん‼」

クリュスタルムたちは一番美しい馬車に乗り込んだ。

馬車窓を開けて、最後の別れの言葉を交わす。

「またね」〈二人とも達者で暮らすのじゃぞ〉「元気でね。帰り道に気を付けて」〈魔道具が外れるまではあまり爆破はせぬようにな〉「もし近くに寄ることがあったら連絡するよ」と、別れの言葉を私たちは何度も言い合う。

最後にはお互いが知っている別れの言葉も尽《つ》きてしまった。

それを合図にするように、トルスマン皇国の馬車が動き始める。

〈そうじゃった！　オーレリアとギルよ！　妾の豊穣の力は土地や植物だけではなく　人間の子宝にも効くのじゃぞ！〉

「なんだと⁉　それは本当なのか⁉」

ギルが慌ててクリュスタルムの分身が入った箱と、去って行く馬車の一団を交互に見つめる。

〈二人とも末永《すえなが》く妾に感謝するのじゃぞー！　ふはははは！〉

ゴトゴトと車輪の音を響かせながら、クリュスタルムの楽しげな笑い声と〈流石《さすが》は我が妹だ〉

「ええっ⁉　じゃあクリュスタルム様のお力で、トルスマン皇国民も増えちゃうってこと⁉　すごいっ‼‼」と、はしゃぐアウリュムとクラウス君の声が聞こえてきた。

「本当に凄い物を貰《もら》っちゃったね、ギル⁉　ガイルズ陛下に献上《けんじょう》した方が良いかなっ⁉」

「心底嫌です‼‼　『豊穣の宝玉』の分身については陛下に報告をしておきますが、こればかりはオーレリアが何と言おうと、絶対に我が家の宝にします……‼‼」

ギルが珍《めずら》しく徹底的に抵抗した。よほど嬉しかったらしい。

こうしてクリュスタルムはとてつもない贈り物を残して、無事に自分の本来の居場所へと帰って行った。

▽

「まさかクリュスタルムの分身を貰っちゃうとはねぇ……」

ギルと共にロストロイ家の屋敷へと戻り、居間のソファーで寛《くつろ》ぎながら、クリュスタルムから貰った水晶を改めて観察する。

高濃度の魔力がこもった分身は角度を変えるたびにピカピカと光り輝き、とても綺麗だった。

「……オーレリア」

「なに、ギル？」

手のひらで水晶を転がしている私に、ギルが横から声を掛けてくる。

顔を上げてギルに視線を向ければ、彼は頬《ほお》を真《ま》っ赤《か》に染めて、両膝の辺りのスラックスの生地を固く握りしめて震えていた。けれど銀縁眼鏡の奥の黒い瞳には強い覚悟があった。

「今まで貴女《あなた》をお待たせしてしまい、本当に申し訳ありませんでした。クリュスタルムも自国に帰ったことですし、……僕も心の準備が出来たので。そのっ、白い結婚を卒業して、子供を作ってみませんか……っ⁉」

三十三歳の誕生日を迎えたせいもあるのか、ギルはようやく思春期から一歩足を踏み出す覚悟が出来たらしい。頑張ったねぇ、ギル。私は夫《おっと》の成長に感動した。

「もちろんいいよ。私はギルの妻だからね。じゃあ今からベッドに行こっか」

私がギルの肩を抱えようとすれば、ギルは首を激しく横に振る。

「いいえっ!! まだ日が高いので、夜にっ!! 暗くなってからでお願いします!!!!」

まぁ、ムードとかも大事だもんね。私は納得してギルの肩から手を離した。

「はぁ～、いいお湯だった。さっぱりしたぁ」

夜になり、初夜《しょや》のやり直しのためにお風呂《ふろ》に入った。

この前の王城の豪華なお風呂も至れり尽くせりで気持ち良かったけれど、我が家のお風呂もやっぱりいいものだ。入り慣れた安心感があるし、石鹸《せっけん》なども私好みのものを取り寄せてもらっているから髪や肌にしっくりくる。

侍女《じじょ》のミミリーがボディークリームを塗《ぬ》ってくれたので、触ると肌がもちもちする。十六歳というだけではちきれんばかりに水分たっぷりの肌だが、ちょっと手を掛けてもらうだけでぷるぷるだなぁ。

前世の十代の頃って、私、どんな肌をしていたっけ?

……駄目《だめ》だ。魔術書を読んで夜更《よふ》かししていた記憶と、仲間たちと夜通し飲み明かしてる記憶しかない。どう考えてもバーベナの十代より、今の私の方がピカピカの肌をしていると思う。

そんなことを考えながら寝室に入ると、ベッドの上にはすでにギルの姿があった。

ここ最近はベッドの上で見かけるのは布団《ふとん》製の巨大イモムシだけだったから、人間の姿をしたギルは久しぶりだ。無事に封印が解かれたんだなぁ。

ギルは私と同様に入浴を済ませた後で、黒髪が少し湿っていた。そしていつぞや商人と一緒に悪ノリして選んだ、赤いハート柄《がら》の夜着を着ている。ダサい格好《かっこう》をするとギルの顔の良さが際立《きわだ》つなぁ。

そして何故《なぜ》かギルは頭の上に、熊《くま》の耳を着けていた。

なんか、めちゃくちゃ見覚えがあるフォルムなんですけれど。まさか……。

「もしかして、私の嫁入り道具の一《ひと》ツ目羆《めひぐま》の耳を引きちぎった⁉　ひどいよ、ギル‼　あれはロストロイ家の守り神にするって、私、言ったじゃん‼」

私はギルの両肩を摑《つか》み、前後にブンブンと揺らすと、ギルの眼鏡がズレた。

ギルは慌てて眼鏡の位置を直す。

「い、いいえ、違います、オーレリアっ！　これは一ツ目羆の耳に似せた偽物《にせもの》です！　仕立て屋に作らせたんです！」

「なぁ～んだ。早とちりしちゃってごめんね、ギル」

「いえ、僕も紛《まぎ》らわしいことをして、すみません。まさかオーレリアがそこまで狼狽《うろた》えるとは予想していなくて……」

「あの一ツ目羆には、子供の頃から持ってるぬいぐるみみたいな愛着があるんだよねぇ」

「なるほど。ではあの剝製《はくせい》は大切にしましょうね」

「うん」

自分が大事にしている物を、夫からも大事にしてもらえるととても嬉しい。

大切な思い出が詰まってる物を大切にしてもらえるなら、なお嬉しい。

特に何の思い出もない、本当に些細《ささい》な『好き』という気持ちだけで大切にしている物を夫からも大切にしてもらえるなら、やっぱりとてつもなく嬉しい。

それはきっと自分の大切な物を丁重《ていちょう》に扱《あつか》ってもらえることを通して、私の心も丁重に扱われていると感じられるからかもしれない。

「今度、ギルにも剝製の手入れの方法を教えてあげるね。虫喰いやカビに気を付けなくちゃいけないし、埃《ほこり》を被《かぶ》らないよう毛並みの手入れもしてあげなくちゃいけないし、硝子《ガラス》の目玉もピカピカに磨いてあげないといけなくて。結構繊細なの」

「それは後日に教えていただきますね」

「うん」

私はようやくベッドに上り、ギルの隣に座り込む。

「それで、なんで熊耳なんか着けてるの?」

実に本物そっくりの熊耳だ。ギルの黒髪より茶色っぽい短い毛で、触れるとゴワゴワと硬い。触り心地まで完璧だった。

どうやって頭にくっついているんだろう、とギルの黒髪を搔《か》き分けてみれば、カチューシャが見えた。こんなに立派な物を作ってしまうとは、さすがはプロだ。

熊耳が面白くてじっくり触って確かめていると、ギルは照れたように「以前チルトン領で、シシリーナお義母様《かあさま》が……」と呟いた。

「全裸でケモ耳を着けてベッドで待ち構えるのが夜這《よば》いの心得《こころえ》だとおっしゃっていたので……。さすがに全裸は恥ずかしかったので、夜着は着ておりますが」

わぁ……。お母様の悪影響ここに極まれり。である。

うちの夫は本当になんでも吸収しようとするので、変な知識を植え付けるのはやめてほしいです、お母様。

どうりで最近のギルが、一ツ目羆の前で寝ていたり、一ツ目羆をじっと観察していることが多いなと思っていたよ。お母様のせいじゃん。

「……オーレリア」

頬を真っ赤にしたギルが、私の両手を取った。いよいよ私たちのやり直しの初夜が始まるらしい。

ギルは私と上手《うま》く視線が合わせられないのか、目を伏《ふ》せている。その長いまつ毛まで微《かす》かに震えているような気がした。

ギルがゆっくりと口を開く。

「僕は貴女が初めてなので、きっと貴女につらい思いをさせてしまうかもしれません。上手く出来ないかもしれません。いえっ、閨事《ねやごと》に関する本をたくさん読んで予習はしたんです！　ですが実践となると初めてですしなんとも言えず、他人からアドバイスを聞こうにも、『とにかくがっつくな』

くらいしか答えていただけず、そういう漠然《ばくぜん》としたことではなくもっとピンポイントにオーレリアが悦《よろこ》ぶ方法を僕は知りたかったのですが」

ギルの話はたいへん長かった。

もう会話をやめて始めようよ、と何度も喉《のど》から出かかった。

ハート柄の夜着をさっさとひん剝いてやろうかと思う程、長かった。

けれど私は耐えた。

これは愛だ。

ギルが私の一ツ目羆の剝製を大切にしてくれたように、私もギルの口からこぼれる、長くうだうだとした話をちゃんと聞いてあげようと思った。

人生でも恋愛でも仕事でも遊びでもなんでもいいけれど、未経験の物事に飛び込むときに事前情報を聞きかじってうだうだ悩んでも、挑戦した先にしか答えがない。私はそう考えるタイプの人間だ。よって、前振りの長いギルの気持ちがまったく分からない。

この、まったく理解出来ないけれどとりあえず話を聞いてあげようとする私の忍耐力は、ギルへの深い愛情から生まれているのだろう。愛ってすごいな。愛は偉大で優しい。ギルの話、もうすっかり飽きたけれど、愛しているから頑張って聞こう。

慈愛《じあい》の眼差しを向けながら、私はギルの話を聞き続けた。

時々あくびを嚙み殺し、時計の針を確認し、このあと本当に始まるのだろうか、と考えたり。ギルがせめてがっつくタイプの童貞《どうてい》じゃありませんように、と神様に祈ったりした。

ちなみにクリュスタルムから貰った水晶は、サイドテーブルにちょこんと置かれている。

子宝のお守り的な扱いだろうか？　使い方はこれで正しいのだろうか？　そんなことを考えて暇《ひま》を潰《つぶ》した。

「愛しています、オーレリア。貴女の傍《そば》にいると僕の感情は毎日、一分一秒ごとに揺れ動きます。楽しくて、ハラハラして、愛おしくて、切なくて……。一生大切にすると約束します。だからずっと、僕と共に生きてください」

よし、ギルの話がようやく最終段階に入った。

話が長い上に共感出来ない部分が多くてたいへんだったけれど、耐え切った。夫を愛していなかったらとっくに寝ていたな。

ギルの大きな両手が私の肩を抱く。

彼の顔がゆっくりと近付き、石鹼《せっけん》の香りがふわりと鼻先をくすぐる。

「優しくします。それでもお嫌でしたら、いつでも言ってください……」

もういいからとっととかかって来いよ！　と叫ばなかった私のことを、誰か褒めてほしい。

私は目を瞑《つむ》り、ギルの柔らかな口付けを受け入れた。

▽

「ふわぁぁぁ、よく寝た～！」

爽《さわ》やかな朝である。寝坊《ねぼう》するかと思ったけれど、いつも起きている時間とあまり変わらない時間にすっきりと目が覚めた。

私はしっかりと伸びをしてから、ギルの方を向いた。

再び、立派《りっぱ》な巨大イモムシが出来ている。

そしてシーツのあちらこちらには、赤茶色に乾《かわ》いた血の跡が散らばっていた。

私の血ではない。ギルの鼻血《はなぢ》だ。

巨大イモムシの中から、しくしくと涙をこぼす音が聞こえてくる。泣き疲れた様子の声で、「どうして僕はあんな序盤で鼻血を出して貧血《ひんけつ》を……」「もう煙のように消えてしまいたい……」と呟いているのが聞こえた。一人反省会を朝までずっと続けていたらしい。

正直ギルのことだからどうせ未遂《みすい》で終わると思っていたので、私としては『ギル、おっぱいに触れて偉《えら》かったね！』って感じだったんだけれどなぁ。

私は巨大イモムシをゆさゆさ揺らしてみる。

「ギル～、おはよー。朝だよ～。鼻血は止まった？　貧血は良くなった？」

「うぅ……、おはようございます、オーレリア……。鼻血は無事に止まりました……。ご心配をお掛けしてすみません……、僕はもう、オーレリアに会わせる顔がありません……」

「大丈夫だいじょうぶ、ギルには格好いい顔がついているから大丈夫。私、ギルの綺麗な顔が好きだよー、見たいな～」

ゆさゆさ揺らしながら励まし続ければ、ギルが布団の隙間《すきま》からちょっとだけ顔を出した。

「……僕はいつもオーレリアに情けない姿を見せてばかりです」

眼鏡をかけていない目元が、涙に濡れて腫《は》れぼったくなっていた。

まぁ確かに、ギルという男はスマートさとはかけ離れている。重いし、ねちねちしているし、センスがダサいし、話が長い。

でも私はそんなギルのことを愛してしまったので、彼の全部がぜんぶ、可愛《かわい》いのだ。頭のてっぺんからつま先まで、愛おしいのだ。

私はベッドの上に落ちていた熊耳のカチューシャを手に取り、自分の頭に装着してみる。

「どんな君でも愛しているから安心して良いよ、私の王子様」

布団の隙間に手を掛け、私はそっとギルにキスをした。

▽

クリュスタルムがトルスマン皇国に返還されたり、二度目の初夜が二割成功（八割失敗）してから数日が経《た》ったが、私はまだ『霧の森』へ出発出来ていない。諸々準備が足りないのだ。

ギルは『霧の森』に関する情報を集めたり、旅の準備のために度々ロストロイ魔術伯爵家を空けている。

彼はとても忙しいはずなのだが……。

「出掛ける前に毎回結界魔術のチェックをしなくても良くない？」

私が声を掛けると、ギルはとても真剣《しんけん》な表情で私の両肩に手を置いた。

「いいですか、オーレリア。決して一人では屋敷の外へ出ないでください。貴女は今、爆破魔術が使用出来ないのですから……！」

「いや、使用は出来るよ？　ただちょっと国を滅ぼしかねないだけで」

「結果使用するわけにはいかないのですから、弱体化と変わりません！」

ギルはなんだかとても過保護になってしまっていた。

「爆破魔術が使えないからって大げさだなぁ」

「とにかく絶対に単独行動はしないでください。外出する必要があれば、陛下からお借りしている護衛を連れて行ってください」

「ただの伯爵夫人《ふじん》が普通に暮らしているだけで、いったいどんな敵襲《てきしゅう》に遭うと思っているんだ、ギルよ？」

私がひとさまから恨まれているとでも思っているのか？　まっとうに生きているつもりなんだが？　ていうか、いつまでも衛兵を借りていていいのだろうか？　王城の警備は大丈夫なのか？

私を護衛するよりも、私が爆破してしまった城の瓦礫処理に衛兵を回してほしい気持ちでいっぱいです。

ギルは「とにかく良い子にしていてください」と言って、私の額《ひたい》に行ってきますのチューをする。

「では、行って参ります」

「気を付けていってらっしゃーい」

ギルの上着のポケットには私が贈った新しい万年筆《まんねんひつ》が差してあり、玄関を出る際に日差しが当たってキラキラと輝いていた。私はそれを見て、とても満足した気持ちになった。


とにかくそんなふうにギルが私のことを過保護に扱うせいで、屋敷の使用人たちも右倣《みぎなら》え状態になってしまった。

私が少し庭先に出るだけで、執事《しつじ》のジョージが慌てて飛んで来る。

「オーレリア奥様《おくさま》は今、爆破魔術が使えないのですから安静にしていてください！」

「あのね、ジョージ。爆破魔術が使えないのは病気じゃないんだよ」

「爆破出来ない奥様など、自分の身を守ることの出来ない赤ん坊と同じではありませんか⁉」

「その理論で言うと、爆破魔術が使えない人間は全員赤ちゃんになっちゃうよ」

「普通の人間は爆破魔術など使えない中、危機回避方法を学んで大人になるのです。奥様は爆破以外の危機回避方法を知らないまま成長してしまったのに、今さら爆破魔術禁止では、身を守るすべがありません。つまり赤ん坊と同じです！」

「いや、爆破以外の危機回避能力くらいありますけれど⁉」

ジョージと押し問答していると、ミミリーが慌てた様子でやって来た。

「駄目ですよ、ジョージさん！　奥様の前で『ば』のつく言葉を言っては……！　奥様が『ば』……の存在を忘れられるように、私たちは素知《そし》らぬ振りをして差し上げませんと……！」

魔術師団入団試験を目指す人の前で『落ちる』とか『滑《すべ》る』とか縁起《えんぎ》の悪い言葉を使わないようにするみたいな感じで、ミミリーが『爆破』をＮＧワードにしようとしている。

その配慮《はいりょ》、まったく要らないよ。

「あー……、爆破が出来なくて退屈《たいくつ》……」

屋敷内のことや領地に関する仕事も今日の分は終わってしまったので、クリュスタルムの分身に日光浴をさせる。クリュスタルムは日光浴が大好きだったけれど、分身も気に入るだろうか？

クリュスタルムから豊穣の宝玉の分身を貰ったことは、すでにギルがガイルズ国王陛下に報告している。

陛下は「ギルたちが貰ったもんだから、ギルんちで大事にすればいいんじゃね？　でも、国になんかあった時は貸してくれると助かるわ。不作の年とかさぁ」と言っていたらしい。

陛下が基本的に軽い性格なおかげで、無事にこの水晶はロストロイ魔術伯爵家の家宝の一つになった。

でもこの水晶、クリュスタルムと違って加工されていないから、全体的にトゲトゲしていて、何かにぶつかると砕けそうなんだよなぁ。

クリュスタルムみたいに丸く研磨《けんま》しちゃおうか？　それとも別の形に加工しようかな。

そういえば――……。

私はあることを思いついた。

▽

旅の準備で忙しいギルにお願いして、本日は夫婦でちょっとだけお出掛けだ。

過保護な環境から抜け出せて息抜きにもなる。

「大丈夫ですか、オーレリア？　馬車から降りて一人で歩けますか？」

「もちろん一人で歩けるし走れるし、スキップもバク転も逆立ち歩きも出来ますとも」

まぁ、ギルが一番過保護なんですけれども。もはや要介護者扱いでは？　心配してくれること自体は有《あ》り難《がた》いのですけれどね。

「今日の外出にも、陛下からお借りした護衛についていただいています。僕も決してオーレリアから目を離さず、どんな危険からも貴女を守り抜く所存《しょぞん》です。ですが、僕たちの力不足で貴女が爆破魔術を使用する結果となったその時は……、この王国を火の海にしてしまったその時は……、亡国《ぼうこく》リドギアのために二人で鎮魂の旅に出ましょう。オーレリアとなら、どんな苦難《くなん》の旅にも耐えてみせます」

「ギルは想像力が豊かだねぇ」

そうこうしているうちに、馬車が目的の店の前に到着した。

貴族向けの高級店街一等地にある二階建ての白亜《はくあ》のお店は、以前ギルが焔玉《えんぎょく》のハートのイヤリングを購入したジュエリーショップだ。私もイヤリングをピアスに加工し直してもらう時に入店したことがある。

その時ギルと『いつか結婚指輪を買おうね～』的な口約束をした。

私としては正直、爆破の邪魔……という気持ちはあるのだが、約束は約束だからね。

前回同様にお出迎えしてくれたジュエリーショップのオーナーは、「結婚指輪を作りたい」旨《むね》を伝えると、ニコニコ笑顔ですぐに別室に案内してくれた。

テーブルの上にはたくさんの指輪が並べられ、デザイン画の分厚い束も用意されていた。

「こちらのデザインが当店で一番人気となっております。地金《じがね》の種類も豊富で、他店では黄金やプラチナ、純銀《じゅんぎん》くらいしか選べないところが多いようですが、当店では虹合金《こうごうきん》やミスリルなどの希少金属、少量ですがオリハルコンもご用意いたしております」

オーナーはそう言って、地金の見本も見せてくれる。それぞれに光沢が違って面白い。

「へぇー、ほんとに色々種類があるんですね。ちなみにオリハルコンだと、どれくらいの耐久性がありますか？」

「水やアルコールにも強く、着用されたまま温泉に入っても変色しませんよ」

「そういうのじゃなくて、どれくらいの規模の爆破にまで耐えられますか？」

私の指輪選びに最も大事なのはその部分だからね。

「……申し訳ありません、奥様。まだ当店のジュエリーでは爆破実験をしたことがなく……」

オーナーはとても残念そうな表情を浮かべた。

「そうですかー」

まぁ、仕方がない。

そういえば右腕にはまったままの『天空神《てんくうしん》の腕輪《うでわ》』はミスリル製だったはず。あれだけ大規模爆破魔術を連発しても壊れないので、ミスリル以上の地金なら大丈夫なのかもしれない。ミスリルより価値が高いオリハルコンなら、さらに頑丈《がんじょう》かも。

私の隣に座っているギルは、他の指輪のデザイン画を見ていた。

ハートシェイプの巨大なピンクダイヤモンドが使用された指輪とか、地金にハート形の彫り込みが入った指輪とか。あと、指輪の内側にこっそりハートシェイプの宝石が埋め込まれたデザインとか。

ギルはどうしても私にハートのジュエリーを着けさせたいらしい。

さらに「なるほど。十文字前後なら、指輪の内側に文字を刻めるのですね……　〝マイスウィートハート♡オーレリア〟……。おや、入りませんね。十文字前後でどうやって愛を込めるのか、『恋人に捧げるポエムの書き方～上級編～』に到達した僕の腕の見せ所ですね……」などと呟いている。

うちの夫が上級？　おかしいな……？

ギルのポエムのことは置いておいて、私はオーナーに質問した。

「地金の話は分かりました。それで持ち込みたい原石があるんですけれど、平気ですか？」

「もちろんです、奥様！　当店の二階部分は工房になっており、宝石の研磨やカットを担当する専門の職人がおります。硬いダイヤであろうと、希少な焔玉であろうと、彼の腕ならどのような原石でも必ず素晴らしい宝石に仕上げることが出来ます！」

「じゃあ、これをお願いします」

私は持ってきた小振りのケースを開ける。

中にはオーロラ色に輝く靄《もや》を内包する水晶の原石が鎮座していた。クリュスタルムがくれた分身である。

「トルスマン皇国産の『豊穣の宝玉』です。あっちの大神殿の国宝様の分身で」

「こ、これは、さすがに初めて拝見いたします……」

「百年経つと喋《しゃべ》るらしいですよ～」

「少々お待ちください！　職人をお呼びいたしますので！」

というわけで急遽《きゅうきょ》職人が呼び出され、五十代ほどの職人気質な男性がやって来た。作業用のエプロンを外しただけの姿を見るに、普段は余程のことがなければ客の前に顔を出さないことが伝わってくる。

職人さんは白い手袋をはめた手で、「ちょいと失礼いたします」と水晶を持ち上げる。鑑定用のルーペでじっくりと観察し始めた。

「トルスマン大神殿の失われた宝玉といえば、我々宝石職人の間でも伝説級の代物《しろもの》ですよ、奥様。最近それが見つかったとは小耳に挟んでおりましたが、分身とは……」

「一体どういう意味でしょう？　僕の妻の話を疑う気ですか？」

「いいえっ、滅相《めっそう》も御座《ござ》いません！　伝承に書かれているとおりの特徴を持った水晶です。紛《まが》いものであるはずがありません！」

「そうですか」

ギルの圧が消えたので、職人はホッとしたように肩から力を抜いた。

「それで、この店でこの水晶を研磨出来そうですか？」

私が尋ねると、職人はやる気に満ちた表情で頷《うなず》いた。

「もちろんです、奥様っ！　これほどの品を研磨させていただけるなんて、職人としての誉《ほま》れです。ぜひワシに任せてください！　引き受けても構いませんよね、オーナー!?」

「ああ、もちろんだとも。奥様、彼もこう言って張り切っております。ぜひロストロイ魔術伯爵家の家宝の一つになるであろう、『豊穣の宝玉』の制作は当店にお任せください！」

「綺麗なまんまるの水晶玉に仕上げてみせますよ、奥様！」

「あ、違うんです」

クリュスタルムみたいにまるい水晶玉の制作がしたいんじゃなくて。

「私とギルの結婚指輪に使いたいんです。その原石から、指輪二つ分」

オーナーと職人は困惑顔になり、「え？　伝説級の代物ですけれど、結婚指輪に使ってしまってもいいのですか？」「これ、本当に貴重な水晶ですよ？　本来なら王家の宝物殿で厳重に管理するレベルですよ？」と尋ねてくる。

「うん。いいの、いいの。友達の分身だからね。仕舞っちゃったり、家の中にただ置いておくだけなのは可哀《かわい》そうだもの」

加工すればずっと一緒にいられるし、自我が生まれるまでに人間の世界に触れることで、いろいろ学んだりするんじゃないかな。胎教《たいきょう》みたいな感じで。

あと結婚指輪も作れるという一石二鳥《いっせきにちょう》である。

「ねっ、ギル、いいでしょう？」

「僕はオーレリアの望み通りが一番幸せです。……それにあの災厄の分身ですから、仕舞っておくとまた中心の靄が真っ黒になって、死を引き寄せてしまいそうですしね」

「あぁ、確かに。『豊穣の宝玉』の分身なら有り得そう」

というわけで、クリュスタルムの分身とオリハルコンの地金で贅沢《ぜいたく》な結婚指輪を制作してもらうことにした。


帰りの馬車の中、ギルと向かい合って話す。

「分身を結婚指輪に加工するというのは、素晴らしいアイディアでしたね。この世界で他の誰も持っていない、僕たちだけの結婚指輪というところが最高です」

「ギルも賛成してくれて良かったよ。指輪が完成するのは、私たちが『霧の森』から帰ってくる頃かな？」

『霧の森』の話になると、ギルは背筋《せすじ》を正してから私の手を取った。

「オーレリア、『霧の森』へは、来週出立することになりました」

「ついに準備が整ったんだね！」

「というよりも、これ以上は情報が集まらなかったので、現地で調べるしかないようです」

「そういえば『霧の森』って、どこの領地にあるの？」

「旧クァントレル男爵領《だんしゃくりょう》です」

なんだかどこかで聞いたことがある地名だな、と考えていたら、ギルが私の手をぎゅっと握り、手の甲《こう》へ誓いの口付けを落とす。

「『霧の森』では、どのような危険が待ち受けているか分かりません。ですが、僕が必ず貴女を守ります」

「ありがとう、ギル。頼りにしているね」

『霧の森』の中では、今どんな異変が起こっているのだろう。行方不明者たちが全員無事だといいのだけれど。

私は右腕にはまった『天空神の腕輪』に触れ、まだ見ぬ領地へと思いを馳《は》せた。

あとがき

こんにちは。三日月《みかづき》さんかくです。

この度は『前世魔術師団長《ぜんせまじゅつしだんちょう》だった私《わたし》、「貴女《あなた》を愛《あい》することはない」と言《い》った夫《おっと》が、かつての部下《ぶか》2』をお手に取っていただき、誠《まこと》にありがとうございます。

一巻で皆様《みなさま》に応援していただいたおかげで、こうして無事に二巻を出版させていただけることになりました。心より感謝を申し上げます。

二巻の内容は、クリュスタルムの返還《へんかん》の裏でオーレリアとギルを離縁《りえん》させようとする隣国大神殿《りんごくだいしんでん》の陰謀《いんぼう》を主軸《しゅじく》に書かせていただきました。ＷＥＢ版から大幅加筆《おおはばかひつ》をしており、ギルとオーレリアの恋愛要素をたくさん書き下ろさせていただきました。


イラストは前回に引き続き、しんいし智歩《ちほ》先生が担当してくださいました。しんいし先生、今回も素敵《すてき》なイラストを本当にありがとうございます！

新キャラクターのクラウスや、守護霊《しゅごれい》として登場したおひぃさん、ジェンキンズのキャラクターデザインが届いた時は、とても嬉《うれ》しくて時間が溶《と》けました。クラウスがアイドルグループにいてもおかしくないほどの美少年で、おひぃさんはツンデレ美女で、ジェンキンズは本当に見た目だけはいい男で完璧でした。

どのキャラクターも理想以上に素敵な姿で描いていただけて、とっても幸せです。しんいし先生、本当にありがとうございました！

そして本作を出版するにあたり、お世話になった出版社の方々に心より感謝申し上げます。

特に担当編集者様には、他社様の原稿でヘロヘロになっているときにまで励《はげ》ましのお言葉をいただき、大変お世話になりました。もう言葉に出来ないほど感謝しております。

最後に、この書籍をお手に取ってくださった読者の皆様、ＷＥＢ版を見守ってくださっている方々に、心より感謝申し上げます。本当に本当にありがとうございました！

それでは、再び皆様にお会い出来る機会がありますように。

GAノベル

前世魔術師団長だった私、「貴女を愛することはない」と言った夫が、かつての部下2

2023年10月31日　初版第一刷発行

著者　三日月さんかく

発行人　小川 淳

発行所　SBクリエイティブ株式会社
〒106-0032　東京都港区六本木2-4-5
03-5549-1201　03-5549-1167（編集）

装丁　AFTERGLOW

印刷・製本　中央精版印刷株式会社

乱丁本、落丁本はお取り換えいたします。
本書の内容を無断で複製・複写・放送・データ配信などをすることは、かたくお断りいたします。
定価はカバーに表示してあります。

©Sankaku Mikaduki
ISBN978-4-8156-1861-2
Printed in Japan

ファンレター、作品のご感想をお待ちしております。

〒106-0032　東京都港区六本木 2-4-5
SBクリエイティブ株式会社
GA文庫編集部 気付

「三日月さんかく先生」係
「しんいし智歩先生」係

本書に関するご意見・ご感想は
下のQRコードよりお寄せください。
※アクセスの際に発生する通信費等はご負担ください。

https://ga.sbcr.jp/

第16回GA文庫大賞
GA文庫では10代～20代のライトノベル読者に向けた
魅力溢れるエンターテインメント作品を募集します！
物語が、華ひらく。
イラスト／風花風花
大賞賞金300万円＋コミカライズ確約！
◆募集内容◆
広義のエンターテインメント小説（ファンタジー、ラブコメ、学園など）で、日本語で書かれた未発表のオリジナル作品を募集します。希望者全員に評価シートを送付します。
※入賞作は当社にて刊行いたします　詳しくは募集要項をご確認下さい
リニューアルで選考課程を一新!!!
応募の詳細はGA文庫公式ホームページにて
https://ga.sbcr.jp/